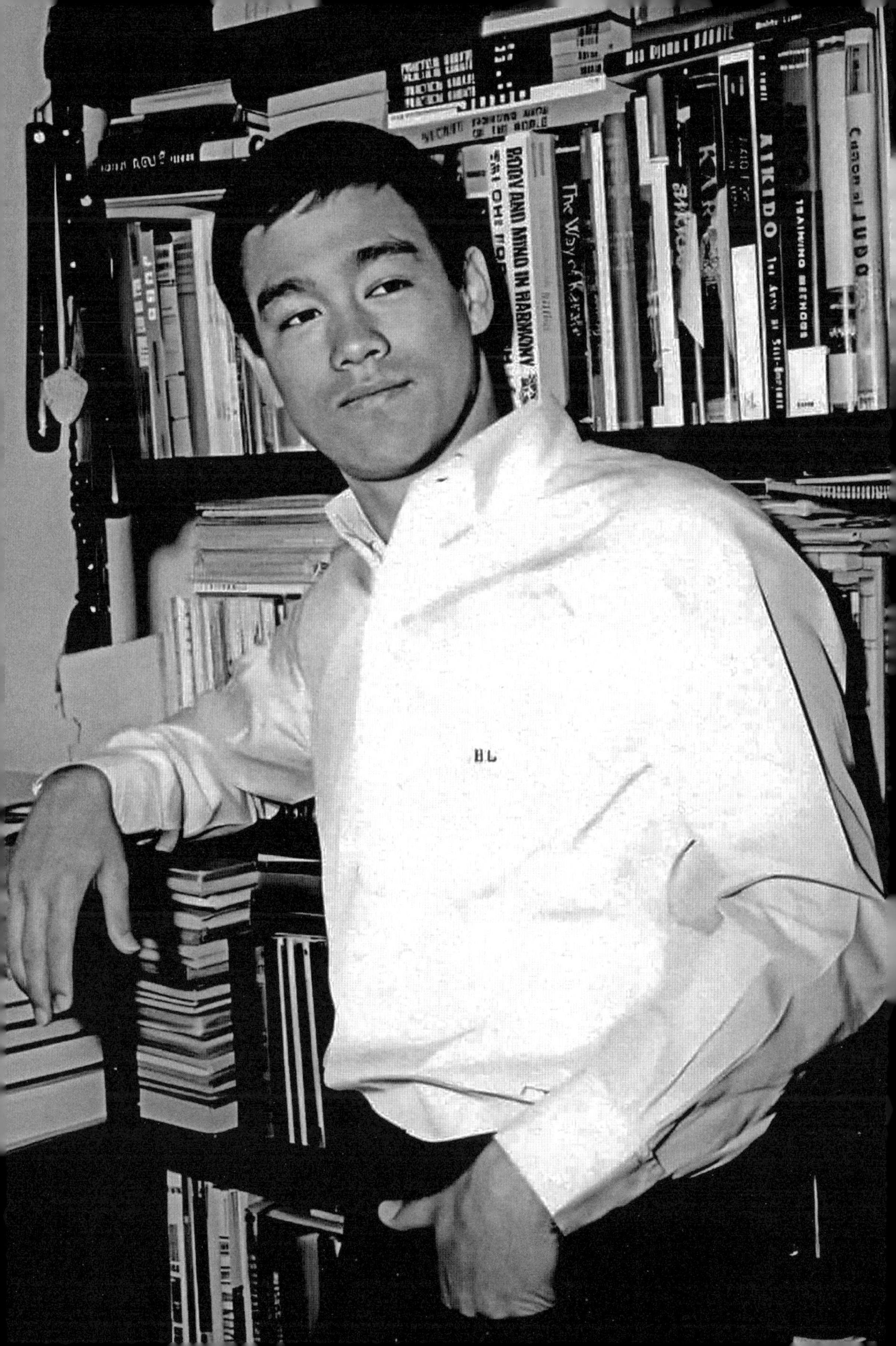
BODY AND MIND IN HARMONY
AIKIDO
BL

截拳道创始人李小龙

最后的门徒
我与李小龙回忆录

秦彼得 著

刘洪 朱建华 译

人民体育出版社

图书在版编目（CIP）数据

最后的门徒：我与李小龙回忆录 / (美) 秦彼得 (Peter Chin) 著；刘洪，朱建华译. -- 北京：人民体育出版社, 2025. -- ISBN 978-7-5009-6541-1

Ⅰ. I712.55

中国国家版本馆CIP数据核字第2024JY3424号

北京市版权局著作权合同登记号
图字：01-2024-5763号

刘禄铨　合著

*

人民体育出版社出版发行
北京盛通印刷股份有限公司印刷
新 华 书 店 经 销

*

710×1000　16开本　11印张　163千字
2025年1月第1版　2025年1月第1次印刷
印数：1—5,000册

*

ISBN 978-7-5009-6541-1
定价：68.00元

社址：北京市东城区体育馆路8号（天坛公园东门）
电话：67151482（发行部）　　邮编：100061
传真：67151483　　　　　　　邮购：67118491
网址：www.psphpress.com

（购买本社图书，如遇有缺损页可与邮购部联系）

谨以本书献给李小龙，还有我的妻子珊迪（Sandy），两个女儿洁德（Jade）和克莉丝特尔（Crystal），以及我的外孙女阿梅莉亚（Amelia）和外孙杰登（Jaden）。

——秦彼得

谨以本书献给李小龙和我已故的师父黄锦铭（Ted Wong），还有我的妻子谢莉（Sherry）以及我的两个儿子德里克（Derek）和达瑞恩（Darin）。

——刘禄铨

英文版
琳达·李·卡德威尔序

  当我们提及李小龙，脑海中首先浮现的或许是他在银幕上那无与伦比的魅力和凌厉的武术风采。然而，你是否曾对这位截拳道宗师为人处事的智慧以及他那些知交好友间的深厚情谊感到好奇？在秦彼得与刘禄铨合著的本书中，我们将一同揭开这位传奇人物更为私秘的面纱，体验一段独特的个人视角。秦彼得，一位与李小龙有着特殊情谊的挚友，他在本书中详细揭秘了李小龙的武术之路、电影生涯，以及那些鲜为人知的幕后故事。本书最为引人入胜之处，莫过于秦彼得与李小龙之间那份独特的友谊。

作者与李小龙夫人琳达·李

1967年，秦彼得与李小龙相识，我亦有幸在场见证了这段友谊的起点。时光荏苒，近60年过去了，我与彼得早已成为老友，对于他与小龙之间的深厚情谊，我自然有着深刻的了解。那些年，彼得常常造访我们家，与小龙共度了许多难忘的时光。在众多徒弟中，小龙与彼得的关系尤为特殊。彼得虽曾跟随小龙学习截拳道，但二人之间的情谊早已超越了师徒的界限，成为了亦师亦友的知己。他们用粤语交谈，分享着在香港的孩提时光、青年岁月，以及那些用中文更能清晰表达的深刻哲学思想。在本书中，读者将有机会深入体验李小龙的思想世界和内心私密，这些珍贵的细节是其他书籍所难以触及的。

　　秦彼得以其坦诚的态度，承认自己的英语并不完美，这源于他成长过程中的频繁搬家。然而，他并未因此放弃向世人讲述他所崇拜的人——李小龙。在刘禄铨的帮助下，他另辟蹊径，以另一种方式呈现这位武道宗师的风采。秦彼得与刘禄铨，两位心灵相通的知己，他们共同怀揣着对李小龙及其截拳道艺术的崇高敬仰，缔结了一段深厚的情谊。身为龙的传人，他们凭借深厚的文化背景，能够精准而生动地诠释那些对于异邦人士而言或许晦涩难解的武道哲学概念，这不仅丰富了故事的层次，更为读者揭开了一扇通往李小龙精神世界的瑰丽之门。刘禄铨不仅精通截拳道，还撰写了大量关于截拳道的文章（详见刘禄铨的著作《李小龙：武术家的升华》）。他对武术的深刻理解以及与秦彼得之间的默契配合，确保了书中回忆的准确传达，使得这些回忆化为了引人入胜的故事。

　　李小龙，这个名字不仅仅代表着电影银幕上的英雄形象，更代表了一位生活的艺术家和哲学家，他的教诲激励着人们追求更美好的生活。那么，李小龙的魅力和智慧究竟源自何处？在本书中，秦彼得与刘禄铨为我们提供了许多关于这位传奇人物的线索。正如李小龙所说："我怎么看待自己？首先必须是一个人。"

——琳达·李·卡德威尔
李小龙妻子

英文版
哈维尔·门德斯序

本书将以李小龙学生的身份，同时也是他亲密朋友的视角，带领读者走进李小龙的传奇人生，共同探索他一生的辉煌与非凡。

——哈维尔·门德斯（Javier Mendez）
富有传奇色彩的综合格斗大师

作者与哈维尔·门德斯

英文版
李安序

  在浩如烟海的关于李小龙与截拳道的书籍中，本书以其深厚的情谊为我们提供了一个与众不同的视角。它不仅仅是一本书，更像是朋友间真挚的对话。彼得的文字中满溢着对李小龙的真诚和敬爱，让我们身临其境，仿佛在倾听李小龙的呢喃细语。这种真挚的情感源于他们之间深厚的个人友谊，使得本书成为了解李小龙及其武学艺术的宝贵窗口。

  我个人尤为关注书中关于截拳道和李小龙传授武艺的章节。李小龙英年早逝后，许多人在追寻"原创截拳道"的道路上陷入迷思，然而彼

作者与李安导演

得的独到见解为我们揭示了截拳道演进的真相：它始终在不断发展，展现着武术家的个性与风采。而真正的"原创"，唯有李小龙本人才能当之无愧。然而，李小龙并不满足于被模仿，他更期望他的徒弟们能够勇敢地开拓属于自己的道路。

李小龙的教学策略独树一帜，他致力于帮助每个弟子打破内心的桎梏，实现真正的自我表达，沿着自己的道路持续发展和成长。他善于发掘每位弟子的特点，因材施教，循循善诱。这种个性化的细心栽培，使得他的弟子和朋友们对他充满了热爱与敬仰。本书正是通过这些生动的细节，展现了李小龙作为武学大师和人生导师的魅力。

截拳道不仅是一门格斗技艺，更是一种生活哲学。李小龙致力于将弟子们培养成为技艺精湛的武术家，但更重要的是，他期望他们成为生活中的艺术家。

李安

奥斯卡金像奖最佳导演

中文版
序一

  在中国武术发展的历史星河中，李小龙无疑是近现代最为璀璨的星辰之一。他不仅是一位20世纪的文化偶像、截拳道创始人、被誉为"现代综合格斗之父"的武术革新者，还为中国武术全球化、国际化作出巨大贡献，更以其独特的哲学思想激励了无数追求卓越的人。作为李小龙的亲传弟子，秦彼得（peter）先生的这部回忆录，以真实而鲜活的细节，向我们展现了一个真实、立体的李小龙：他严于律己、不断追求武道真理，始终以科学的方式训练和提升自我。书中生动记录了李小龙如何在武术中融入哲学思考，并以卓越的实践引领了中国武术的现代化发展。

  作为一位武者，李小龙不仅在功夫上取得了巨大成就，更以电影为载体弘扬了中国武术文化。秦彼得先生亲身经历的种种故事，揭示了李小龙坚守民族尊严、不为五斗米折腰的精神。他不仅拒绝出演侮辱华人的角色，还以电影向世界展示了中国功夫的真正力量。李小龙的训练哲学追求"一技万练"，注重基本功与核心技法的精炼，反映了中国武术的实战化方向。这种理念已成为当今许多格斗冠军的训练座右铭。书中展示的李小龙通过科学方法打造出强大的体格与格斗技巧，使他成为无可争议的"MMA之父"。他以"水"为喻，追求刚柔并济、顺势而为的武学境界。李小龙所创立的截拳道修行有三阶段，即"学规矩、守规矩、化规矩"的三步曲，通常而言，不仅是武术功夫，任何一门关乎身体参与及时间向度的"功夫"，都内蕴着这种"三步曲"的次第逻辑与实践智慧。当代武术学人，也要先"学规矩"，再"循规矩"到"越规矩"，最后"求个性"，能随心所欲不逾矩地表达自我，能在伟大的时代中勇于拼搏和敢于创新。

秦彼得先生的这部回忆录，汇集了其与李小龙之间的亲密交流、训练时的点滴趣事以及李小龙的生活哲学，展现出李小龙对于武术的执着与追求，诠释其作为"生活的艺术家"的核心理念。书中的每一个故事，都生动地传递出李小龙如何在严苛的训练与不断探索中塑造自我、表达自我、实现自我，以及他对武术、人生与文化的深刻见解。这不仅使得本书成为一部以李小龙功夫为主旋律的回忆录，更是一部充满智慧与哲思的生活启示录。不少学者和武术家对这本书的评价均指出，秦先生的叙述不仅具备很高的真实性和可读性，更以其情感的深度与细腻，使得李小龙的形象愈发立体与鲜活。从某种意义上讲，书中对李小龙精神世界的探讨，也在不断启发大家：对功夫的追求，不仅是武技的精湛，更是以武入道的心灵的自由与智慧的觉醒。这种精神超越了武术本身，成为一种普遍的人生哲学。

我期待这本书能够引起广泛关注与讨论，它不仅能为武术界提供宝贵的历史资料，更能激励人们深入探索李小龙所传达的武术精神与人生态度。希望读者朋友们在细细品味这些故事的同时，能够感受到李小龙自强不息的精神和武道智慧，进而激发自己内心的力量，勇敢追逐梦想。同时，也愿秦彼得先生的这本回忆录为广大武术爱好者与研究者带来启发，让李小龙精神和他所开创的武道继续在新的时代焕发光彩。

邱丕相

中文版
序二

　　自第一本李小龙原著《李小龙技击法》翻译引入中国，距今已有40年了。近20年来，国内翻译引进和编写出版了大量有关李小龙和截拳道的书籍，让广大"龙迷"和截拳道爱好者们才开始对李小龙有了较多的了解。

　　时值李小龙逝世50周年之际，一位身份独特的作者在沉默50年后以其独到的视角向人们揭示了一个鲜活真实的李小龙。从书名《最后的门徒：我与李小龙回忆录》和由李小龙为其亲自颁发的截拳道证书来看，作者的自我定位是李小龙最忠实的信徒和学生。然而，秦彼得先生还是屈指可数、伴随李小龙左右无话不谈的挚友。

　　彼得先生满怀感恩之心，与大家分享了与李小龙相伴十年中李对他的教诲，以及众人一直十分关注、争论不休而无解的许多问题。例如：

　　一、李小龙自己对所创立截拳道的认知与解读（这对众多截拳道研究学者、爱好者都至关重要）；

　　二、李小龙真实的实战能力（通过李小龙真实速度、力量以及与顶级实战家实战切磋过程的描述进行了印证）；

　　三、李小龙独树一帜的私教教学方法（揭秘了李小龙独特的教学方法和理念）；

　　四、李小龙真实的自我训练方法（还原了李小龙日常真实的训练与状态）；

　　五、首次披露了李小龙成功的秘诀。

　　……

　　正如彼得先生自己所说，他在本书的写作中，借鉴了李小龙名人弟子乔·海默斯《武艺中的禅》一书的写作体例，希望通过他和李小龙生活、训练中的互动点滴，以鲜活生动的小故事，从一个中国人的角度，突出李小龙的文化和思想的独特性——无论是他的鲜明个性、价值观、人生观、文化底蕴，还是武学造诣的根源所在，进而给读者带来启示。

该书篇幅不大，然而正是通过与李小龙具有十分相近背景之挚友娓娓道来的叙述，为人们展现了一个真实而伟大的李小龙。仅从其日常生活中始终严苛保持高强度的体能训练这一点，就足以看出李小龙是一位文武兼修、知行合一的武者和行者。他时时保持着武者的警觉性，且将其融于生活之中，进而成为一位真正的生活之艺术家。

感谢秦彼得和刘禄铨先生为广大中文读者所作的分享和解惑！

钟海明
中国截拳道国际联盟终身荣誉主席

关于作者

秦彼得（Peter Chin）

秦彼得，作为截拳道创始人、享誉全球的功夫明星李小龙的亲传弟子、挚友及心灵知己，他的一生与李小龙紧密相连。两人都在香港长大，曾共同就读于圣芳济书院（St. Francis Xavier's College），在赴美之前均修习过咏春拳，相同的语言与浓厚的中华文化情怀使他们心心相印。秦彼得是最后一位获得李小龙亲自颁发"截拳道证书"的弟子。在李小龙离世后，秦彼得是唯一一位两次参加在香港和西雅图举行的李小龙葬礼的弟子。作为一名成功的企业家和商人，秦彼得在拉斯维加斯定居已有五十余载，与李小龙的私人关系更是为他打开了与多国元首交流的大门。

关于合著者

刘禄铨（Tommy Gong）

刘禄铨，作为《李小龙：武术家的升华》一书的作者，他不仅对李小龙有着深入的研究，更是一位资深的截拳道武者，坚持练习截拳道长达四十年之久。刘禄铨的武术造诣得到了李小龙亲传弟子、已故的黄锦铭师傅的高度认可，黄锦铭师傅亲自授予他截拳道最高级别的荣誉称号。除了武术界的成就，刘禄铨还是振藩截拳道核心创始成员、李小龙教育基金会董事会成员。刘禄铨在美国从事选举工作已有二十多年。

前言一

  首次听闻李小龙之名是在1961年，我们的缘分则始于1963年的短暂会面。然而，真正的相知与相伴却是在1967年至1973年这六年。1967年底，我正式拜入李小龙门下，那一刻起，我的命运之轮因他而转。时至今日，李小龙的身影与教诲依然萦绕在我心头，无日或忘。

  本书是我与李小龙共度时光之见证——那些他给予我的言传身教与深刻教导的珍贵记忆。书中所言，皆是我个人之感悟与体验。

  李小龙曾对我谆谆教诲："人生在世，若得五位知己相伴，便是莫大的幸运。"

  除了李小龙，我还有幸邂逅了另一位挚友——我的妻子珊迪（Sandy）。我们相识于李小龙离世之后，从此携手共度风雨，至今已走过四十三载春秋。我们拥有两个女儿、一个外孙女和一个外孙，家庭和睦，生活丰富多彩。这些经历或许在他人看来难以想象，却构成了我们生命中最宝贵的篇章。

  李小龙虽已离世五十余载，但在我心中，他的音容笑貌依然如昨。他的教诲如同明灯，指引我前行。此刻，我提笔写下与李小龙交往的回忆录，愿与读者共同回忆那些难忘的岁月。

秦彼得

前言二

李小龙在我人生中划下了一道不可磨灭的轨迹。我在美国加利福尼亚州中央谷地长大，成长于镇上唯一的华裔家庭。在那个年代，李小龙是银幕上唯一闪耀的亚洲明星，成为我童年时代最崇拜的英雄。大学时期，我开始沉迷于截拳道。后来，我有幸加入振藩截拳道核心、李小龙教育基金会董事会，致力于将这位武术传奇的遗产传承给后世。我从李小龙身上汲取了无数的智慧与力量，这种学习将伴随我终生。最初，我被他那矫健的身姿、俊朗的面容和独特的气质所吸引，然而，随着我逐渐深入了解李小龙的人生和成就，他在我心中树立起了一盏明灯，在我的孩童时代、少年岁月、成年之后，乃至成为人父的每一个阶段，都照亮我前行的道路。

2010年，在旧金山举行的李小龙诞辰70周年纪念活动上，我有幸结识了秦彼得。然而，就在那次会面后不久，我得知了我的师父黄锦铭先生离世的噩耗。巧合的是，彼得与我敬爱的师父同为一代人，他们都曾在截拳道发展的关键阶段接受过李小龙的悉心指导。在我深陷失去师父的悲痛之中时，彼得以多种方式给予我安慰，更为我撰写《李小龙：武术家的升华》一书提供了无比珍贵的资料。多年以来，我们成为了亲密无间的挚友。在我们的一次交谈中，彼得提及李小龙在他生日那天授予他的"一张证书"。这张证书对他而言意义非凡，因为它上面赫然写着"由李小龙亲自教授"。我好奇地问道："那张证书的顶部具体写的是什么？"他说是"截拳道"。在我对李小龙及截拳道历史的深入研究中，我深知能直接从李小龙手中获得截拳道证书的人寥寥无几。在李小龙生命后期，这些幸运儿不仅与李小龙有过亲密的师徒关系，更与他建立了超越武术的深厚情谊。

尽管彼得与黄锦铭、赫伯·杰克逊一同受教于李小龙门下，但他与李小龙之间的关系却非常特别。黄锦铭师傅，作为李小龙的得意门徒之一，深得其武术精髓；而彼得则与李小龙之间有着别样的缘分——彼得来自香港，与李小龙同校求学，并且都在离开香港之前学习了咏春拳。李小龙与彼得之间常用粤语亲切交流，这使得他们的关系更加亲近。因此，彼得常常与李小龙一同漫步在梅尔罗斯大道，共享购物之乐，甚至他们曾购买过同一款式的长袍。

我深切感受到彼得对李小龙怀有的深厚情谊，这种兄弟般的情感始于1967年底，当时他们在二十世纪福克斯电影公司的摄影棚里重逢。当李小龙离世时，彼得的悲痛难以言表，以至于他参加了李小龙在香港和西雅图的两次葬礼。在西雅图的葬礼上，彼得更是成为六位抬棺人之一。

在本书中，您将窥见李小龙不为人知的一面，敬请细细品读！

刘禄铨

目 录

第 1 章　始于中国香港，成于异域美国 / 1

第 2 章　李小龙，我心中的唯一 / 8

第 3 章　邂逅于二十世纪福克斯电影公司 / 11

第 4 章　第一课 / 14

第 5 章　惊天一踢 / 20

第 6 章　鬼魅之速，猫之反应 / 31

第 7 章　训练课后：从师徒到密友 / 41

第 8 章　从身轻如燕到真诚表达 / 45

第 9 章　完美一击：截击 / 48

第10章　身意合一 / 51

第11章　李小龙：是银幕英雄也是超级格斗家 / 55

第12章　体能训练与慢跑 / 61

第13章　李小龙的背伤 / 75

第14章　大师父 / 77

第15章　李小龙之智慧和惊人记忆 / 81

第16章　截拳道之谜 / 86

第17章　武学人生观 / 94

第18章　与李小龙闯荡好莱坞 / 101

第19章　李小龙之魅力 / 112

第20章　在好莱坞打拼的日子 / 116

第21章　香港的成功与孤寂 / 122

第22章　最后的结局 / 133

第23章　50年后 / 137

第24章　李小龙为何授予我截拳道证书 / 142

结语——李小龙真正的秘密 / 146

致　谢 / 149

1

始于中国香港，成于异域美国

1947年，我出生于上海，然而在我两岁时，便随着家人迁往香港。我的父亲是泛美航空公司的职员，因工作之需常驻日本，每逢周末，他总会回到香港与我们团聚。父亲带回的日本神户牛排，至今仍让我回味无穷。我的母亲则是一位典型的家庭主妇，她细心照料着哥哥、三个姐姐和我。我们居住在九龙尖沙咀，那里承载了我童年的无数回忆。

我所就读的九龙塘小学与李小龙20世纪70年代的故居在同一条街上。在那段青涩的岁月里，我对田径运动怀揣着无尽的热情。每天早上，我记得我们总是在进教室前完成30分钟的锻炼，而入学之初的第一堂课，更是深深烙印在我的心中。老师黑板上写下的教诲，如同明灯照亮我前行之路：尊重长辈，无论曾祖父母、祖父母、父母还是兄弟姐妹，以及每一位比我们年长的人，不要跟长辈顶嘴。我时刻铭记，不敢有丝毫的违背。1961年，我踏入圣芳济书院大门，这里曾是李小龙赴美之前的求学之地。

20世纪60年代初的香港，夜总会成为了家家户户欢聚的场所。在那里，人们尽情享受着美食与舞蹈带来的欢愉。由于夜总会对年龄并无限制，使得家庭聚会更加轻松愉悦。现场乐队演奏着流行的拉丁音乐，旋律激昂，人们舞步翩翩。正是在这样的氛围中，我对舞蹈产生了浓厚的兴趣，跟随一位来自菲律宾的拉丁舞老师学习恰恰、芭莎诺瓦和泼蹓格等舞蹈。

李小龙与好友文兰在跳舞

作者彼得在跳舞

彼得与父母（1963年）

李小龙与曹达华（曹敏儿之父）

彼时，我之最大消遣，乃是沉浸于金庸笔下的武侠世界。金庸，这位享誉中外的武侠巨匠，于1959年与友人共创《明报》。我尤为钟爱他的《射雕英雄传》，这是一部以武术、侠义、英雄主义为魂的中华传奇。金庸的众多佳作在香港这片土地上被电影与电视剧生动演绎。后来，我惊喜地发现，李小龙亦是这些武侠小说的忠实拥趸。

李小龙虽已远赴美国，但他在香港的传奇，依旧熠熠生辉。在圣芳济书院，他击败英国拳击手的壮举，以及精湛的咏春拳技，早已成为学子们口耳相传的佳话。咏春拳派和蔡李佛拳派在天台争斗的故事仍历历在目。听闻李小龙仅经过三个月的咏春拳训练，便能与师兄黄淳梁在九龙城街头和天台的讲手比武中并肩作战，无往不胜。这些传奇，犹如烈火般点燃了我学习咏春拳的热情。

众所周知，咏春拳犹如一幅精简的武学画卷，短时间内即可迅速入门。它仅有3个套路（小念头、寻桥、标指）、两种独门武器（八斩刀与六点半棍），以及那著名的木人桩。然而，在我心中，黐手乃是咏春拳之精髓所在，它象征着师徒之间的传承与互动。据传，一个人若全心投入，两年内便可掌握其全貌。然而，若要真正精通此道，则需付出更多的汗水与心血。诚如古语所言："一分耕耘，一分收获。"

李小龙与咏春宗师叶问练习黐手

李小龙亲自与弟子黄锦铭练习黐手。师徒一对一切磋武艺,对于弟子的成长至关重要

　　我与兄长有幸追随徐尚田师傅步入咏春拳的殿堂。徐师傅,作为香港备受尊崇的叶问宗师高徒之一,其武学造诣深厚,令人敬仰。我们的训练场地设在徐师傅居住的香港九龙旺角的天台之上。徐尚田师傅不仅教人武术,更在1949年因担任港九酒楼工会秘书之职而与叶问结缘。

　　徐师傅是一位温文尔雅的长者。在1961年底至1962年初的六个月里,我跟随徐师傅深入研习了小念头和寻桥,同时亦在黐手的修炼上下了不少功夫。每当夜幕降临,我便会踏上通往天台的阶梯,参加每周3次、每次约1小时的武术课程。徐师傅总是耐心细致地为我们讲解每一个动作的要领和目的。在接下来几个月的时间里,我们完成了小念头的练习,并开始跟着徐师傅练习黐手。

　　当时,仅有我们五六位弟子,因此每个人都能得到徐师傅的悉心指导。时间进入第四个月,我们在徐师傅的引领下,完成了寻桥套路的学习,并继续与徐师傅进行大量的黐手练习。我注意到,徐师傅在比武时总是以守为攻,这或许是他的个性所在,亦或是他对"练武防身"这一古老格言的深刻领悟。

　　在追求武学的道路上,选择一位能够全身心投入、与你共同训练的师傅至关重要。以咏春拳为例，若师傅未能与你一同练习黐手，那么你能学到的武学真谛又有几何？同样，在参加武术研讨会时，我们也应确保有机会与大师们一同切磋武艺。对于那些自诩为原创的师傅，我始终保持着敬而远之的态度，因为他们往往难以摆脱旧思维的窠臼。

徐尚田师傅便是我们学习的楷模。他的武馆曾因有一段时间他不再亲自与弟子进行黐手练习，导致弟子流失。然而，一年后，当徐师傅重新与弟子们一同练习黐手时，他的武馆再次焕发出勃勃生机。

让我们深入探讨这一意义重大的话题。当师傅与每位弟子共度5~10分钟的简短练习时光，弟子收获的不仅仅是技艺的提升和理解的深化，更有那份难以言表的成就感。同时，师傅亦能从中获得强身健体的好处。

这一话题非常重要，它也在一定程度上影响了李小龙关闭洛杉矶振藩国术馆的决定。为更生动地说明这一点，请想象一下与师傅李小龙互动练习黐手的场景，以及和同学黄锦铭或赫伯的互动练习相比，两者之间的感受差异。

昔日，香港的父母怀揣对子女未来的期许，纷纷将他们送往海外求学。在那个时代，香港的就业机会并不多，年轻人谋求开启职业生涯和糊口之职位尤为艰难。留学海外，意味着能在新的环境下立足，获取有酬的工作。正如我，在1963年初踏上前往悉尼的求学之路，随后于9月携带200美元抵达旧金山。这与李小龙初抵美国时的境遇相似，他当时口袋中仅有100美元。

我的兄长已先期抵达美国，我们二人相依为命。手持学生签证的我，必须自力更生，以打工维持生计。哥哥的一位香港同学曹立滔与李小龙交情匪浅，他的妹妹曹敏儿亦是李小龙的好友。他们的父亲曹达华与李小龙的父亲李海泉，皆在演艺界享有盛名。在香港时，李小龙、曹立滔、曹敏儿和我哥哥常常欢聚一堂。后来，曹立滔移居伦敦，但他们之间依然偶尔保持联系。

数月后，哥哥接到曹立滔的电话，得知李小龙在奥克兰传授功夫。李小龙当时居住在严镜海的家中，哥哥提议我们一同拜访李小龙，向他致以问候。我久闻李小龙的大名，自然欣然应允。

严镜海是一位传统武术大师，放弃了"传统的束缚"，成为李小龙振藩国术馆助教。我们抵达奥克兰严镜海的寓所时，李小龙正忙于指导一群学生。大约十名学生并排而立，每隔一段距离便有一人，他们全神贯注地注视着李小龙，李小龙正在向他们展示拳法的精髓。见到我们，李小龙停下了手中的动作，微笑着向我们打招呼，并示意严镜海继续教学。我们用粤语畅谈在美国的点点滴滴。我向李小龙透露计划明年搬到洛杉矶，他则提到了埃德·帕克（Ed Parker）正在筹办的首届世界空手道锦标赛，他已受邀过去演武。他建议如果我有机会，可以去看看他的演武。我毫不犹豫地回答："我一定会去的。"在这次会面中，我对李小龙的第一印象是，他或许显得有些自负，但他知道自己在说什么，且言之有物。那是1963年12月，直至9个月后，我才在长堤再次见到李小龙。

李小龙师徒三人拍摄《咏春拳》技术照期间的戏谑合影。
严镜海称李小龙为"李八脚"，自称"严铁甲"，图为严镜海正在"苦练功夫"

李小龙一身黑色功夫服在美国长堤国际空手道锦标赛上自信演讲，抨击传武守旧，呼吁传武武术实战化改革

2

李小龙，我心中的唯一

在1964年那个炎热的8月，我踏入赛场，心中只有一个念头——李小龙。埃德·帕克在美国举办的首届大型国际武术比赛，虽然汇聚了无数武林高手，但只是我心中的陪衬。

抵达美国不久，我就已在旧金山湾区武术大师严镜海的奥克兰居所的车库武馆领略过李小龙那独特的武术风采。当告知李小龙我即将移居洛杉矶时，他提及自己将参加埃德·帕克在长堤举办的首届世界空手道锦标赛，如果有空，可以去观看他的表演。

我怀揣着激动与期待，踏入了那个充满热血与汗水的会展中心。阳光洒落在每一个角落，为这场武术盛宴增添了几分热烈。众多空手道高手身着道服，而我的目光，始终锁定在那一袭黑色传统功夫服上。这一天结束时，武术大师们纷纷亮出绝技。当表演渐入尾声，李小龙压轴登场。他的一招一式，都仿佛蕴含着无尽的能量，灵动而迅猛。他的自信与魅力，犹如一块巨大的磁石，吸引着众人的目光。我见证了他展示的两指俯卧撑、效率化技巧，以及我先前学习咏春拳时熟悉的黐手，然而，当他打出寸劲拳时，我彻底被震撼了。李小龙是独一无二的！

那一拳，看似简单而短促，却蕴含着摧毁一切的力量！李小龙轻轻将拳头置于志愿者的胸口，一瞬间，那人的胸口仿佛被一股无形的力量猛然压缩，双脚离地，向后飞去，撞上了身后的椅子。这是一种发力技巧，与好莱坞银幕上所展现的那种重拳出击的风格大相径庭。他们通常都是从远端蓄力出拳，李小龙则力从地起，将全身的劲力与速度集力于一点，于瞬间贴身发力，在那一刻，完美地诠释了身体力学、时机与精确度的融合。那一幕，永远地刻在了我的心底。

我决心追随这位武术宗师，向他学习。未曾想到，我最终竟成了李小龙最后的门徒。

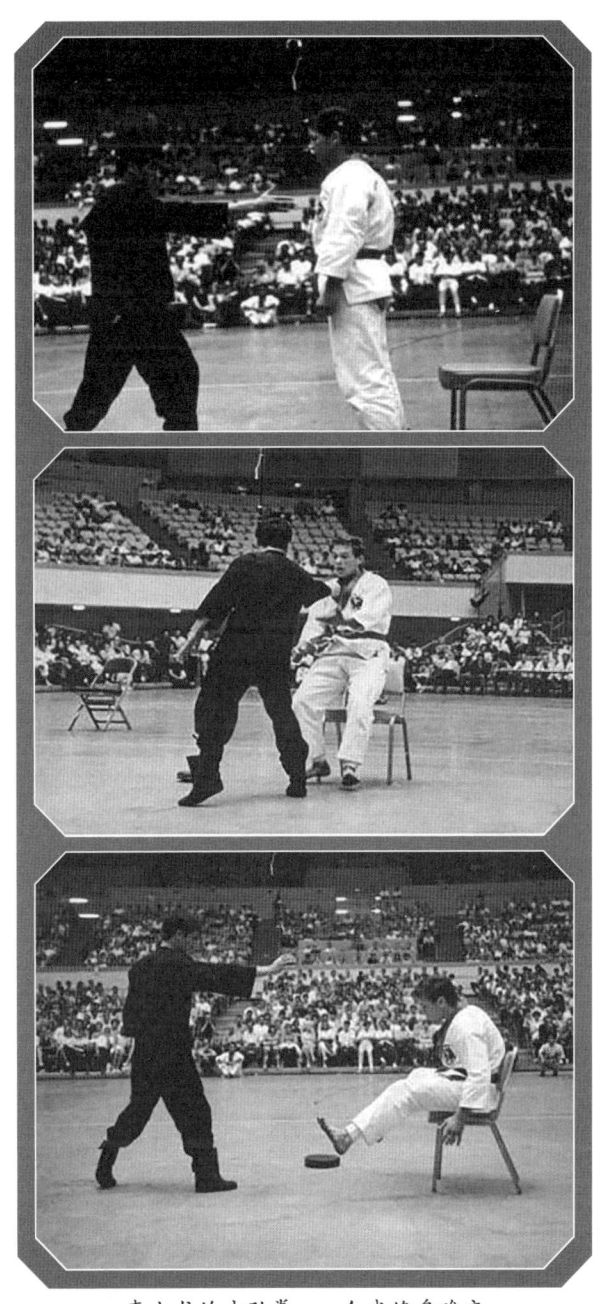

李小龙的寸劲拳——令我终身难忘

1964年，长堤首届国际空手道锦标赛，23岁的李小龙与部分参会空手道、柔术、柔道等各大职业组织代表人物合影。李小龙特地身穿唐装，以彰显自己中国武术家的身份。后排右一是大赛举办者、慧眼识英雄邀请李小龙大赛演武的"美国空手道之父"埃德·帕克

3

邂逅于二十世纪福克斯电影公司

1964年，怀揣着对知识的渴望，我踏上了前往洛杉矶的求学之路。身处异国他乡，我唯有通过辛勤的劳作来维系生计。在那个时代，华人的选择似乎被局限在餐馆的繁忙与洗衣房的劳累之间。我在位于加州圣莫尼卡的知名饭店吴夫人花园工作，有幸服务过众多名人，如多丽丝·戴、加里·格兰特、弗兰克·辛纳屈、米娅·法罗、伊丽莎白·泰勒、罗伯特·雷德福等影视界的璀璨之星。而后，我又在世纪城的世纪广场酒店担任服务员，偶尔兼职影视拍摄，双份工作使我生活得颇为充实。

出于对舞蹈的热爱，在那段时间我在洛杉矶学习了大约6个月的现代爵士舞和几个月的芭蕾舞。我对表演艺术尤为感兴趣，因此加入了临时演员协会，开始在影视的舞台上亮相。在阿尔弗雷德·希区柯克执导的《冲破铁幕》中，我与保罗·纽曼和朱莉·安德鲁斯等巨星同时出现在银幕上，还在约翰·韦恩主演的《绿色贝雷帽》中扮演一名越南士兵。我还记得，每天清晨，约翰·韦恩总是乘坐直升机降临片场。在著名导演罗伯特·怀斯的提携下，我加入了美国演员工会，因为他选中我在电影《圣保罗炮艇》的结尾处出演一个小角色，有一段讲粤语的台词。我是那个在电影结尾处，跑到寺庙里告诉大家士兵正在逼近的年轻人。当然，我的角色在说完那句话后就死了。有趣的是，后来通过李小龙，我竟然有机会遇到了那部电影的主演史蒂夫·麦昆。

大约在同一时间，我得知了李小龙将出演《青蜂侠》的消息。然而，我并未贸然联系他，因为在我心中，我们仿佛身处不同的世界——

他是备受瞩目的联合主演，而我不过是片场的一名无名小卒。更令我望而却步的是，我听说李小龙为名人开设武术课程，每小时收费高达100美元，这对于我这个服务员来说，无疑是天文数字。

然而，命运总是充满了惊喜。1967年底，我作为《星际迷航》电视剧的临时演员，在一次休息间隙偶然在摄影棚外邂逅了李小龙。我激动地用粤语和他打招呼，见到他我感到非常高兴。我提及在长堤看过他的武术表演，并渴望向他学武，但我听说他的私人课程收费很贵，我承担不起每小时100美元的费用。出乎意料的是，他告诉我："彼得，现在是我为《青蜂侠》做宣传的最后一周。下周三，我会在家里开设私人课程，诚挚邀请你来我家，我会以朋友的身份亲自指导你。"他递给我电话号码，那一刻，我仿佛置身于梦境之中。这就是我与李小龙朋友缘分的开端。我感到无比的幸运，因为我与他之间的社会身份差异似乎在一瞬间消失了。他接纳了我，把我当作朋友。这份友谊，对我而言，弥足珍贵。

李小龙饰演《青蜂侠》中的加藤

彼得与查克·罗礼士（后立者）参演《风流特务勇破迷魂阵》

《星际迷航》：史波克右侧是彼得

13

4

第一课

我在加利福尼亚州卡尔弗城的李小龙家中,开始了我的截拳道第一课,同时受训的还有另外两位学生——黄锦铭和赫伯·杰克逊。李小龙那时已经不再教授那些没有武术基础的学生,他没有太多时间和耐心从零开始雕琢一块璞玉。黄锦铭和赫伯最初是在洛杉矶唐人街的武馆开始他们的训练。黄锦铭此前没有接受过任何训练,但他对西洋拳击的热爱与专注,想必正是李小龙所看重的。李小龙知道我曾经跟随徐尚田师傅学习过咏春,因为我们在奥克兰初次见面时我曾有所提及。

课程伊始,我们先进行了一系列热身运动,随后李小龙让黄锦铭和赫伯穿上护具,走到庭院,开始实战对抗训练。而我,则与李小龙进行了短暂的黐手练习。他或许想测试我的功底,但我更能感受到他双臂中蕴含的那股劲力,那是徐尚田曾向我强调过的向前的内劲。李小龙的黐手与徐尚田的截然不同,徐尚田很少主动进攻,重在防御,而李小龙的黐手则更具攻击性。数分钟后,我们停下来,走向正在对抗训练的黄锦铭和赫伯。

何为截拳道

我问李小龙"截拳道"这一名称的由来,他用粤语解释道:"你看,当我向你挥拳时,你自然会有反应。"他左手出拳,我右手格挡,一切仿佛水到渠成。

随后他反过来让我出拳,我向李小龙挥出右拳,随即发现李小龙的左拳已经正对着我的脸。他说:"你看,我的桥手封挡住了你的拳头,同时我也打中了你。这就是截拳道——截拳道没有纯粹的防守动作,进攻即防守。无论何时,都要追求简单实效,一个动作完成攻防。因此我用粤语称之为'截拳'。没有纯粹的防御,只有进攻,一个动作而非两个。"即便在今日,多数武术依旧是先防守后反击,攻守两动而非一动完成。李小龙问道:"你现在明白截拳道是什么意思了吧?"我应声答曰:"明白了。"我能很容易地理解李小龙在说什么,因为我们说同样的语言。

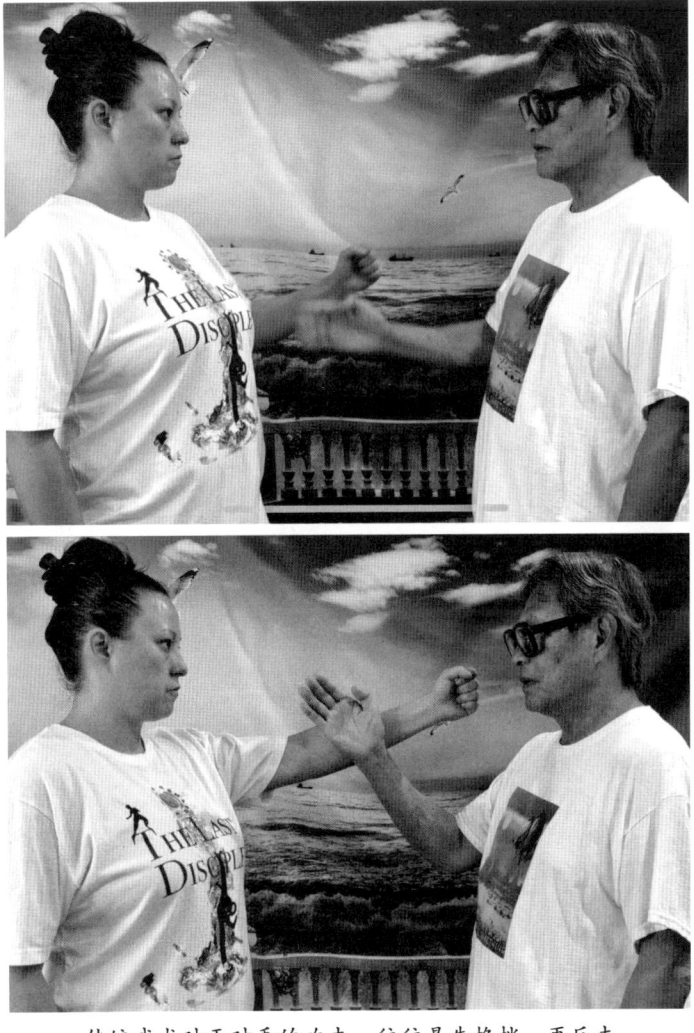

传统武术对于对手的攻击,往往是先格挡,再反击

截拳道是以攻为守，攻守一体！

李小龙说："无论何时，都要追求简单实效，一个动作完成攻防"

他继续深入浅出地讲解："你的身体是你的武器库，你的双手双脚就是你的刀剑。你必须磨砺它们，使它们更加锋利。同时，你的身体也是你的圣殿，你要学会爱护它。""有一件重要的事情你一定要记住，我只能给你指引道路"，他轻轻地用手指在我的额头划过，仿佛为我打开了一扇通往武术世界的大门，"我只能为你指引方向，但真正能走多远，取决于你自己。"

踢 腿

数分钟后，我们停下交流，李小龙问我是否练习过踢法。我摇了摇头，于是他走到悬挂的重沙袋前，展示了他那惊人的侧踢。那劲力之强，让我感觉那个被踢得剧烈摆动的沙袋会破裂。接着他让我站在沙袋后面撑住并站稳，然后一记侧踢，我被他那股爆炸力冲撞上了墙壁。那一刻，我深刻体会到了李小龙踢击的威猛，我感到非常的震撼。这一踢的劲力远远超过我在长堤看到的寸（劲）拳之威。

我头猛然向后一仰，双脚骤然离地，撞在墙上

接下来李小龙让我踢一踢重沙袋，我踢了一脚，但沙袋只是轻微地晃动了下。李小龙告诉我，踢击的时候，必须让臀部参与进来，劲力源自身体核心。他边说边示范，向我展示了左脚滑向右脚同时扭转臀部带动前脚侧踢的动作，整个过程一气呵成。

李小龙让我再踢重沙袋。我按照他的示范再次尝试侧踢，这一次我真切感受到了踢击力量的不同。他满意地点点头："很好，继续练习。"

随后他便走到庭院继续指导黄锦铭和赫伯。我发现他们在搏击对抗时，双手的出击很像拳击手，间或夹杂着几记快速的踢击。夜幕渐深，我们步入室内，李小龙说道："今晚的训练就到这里。"随后，黄锦铭、赫伯与我恭敬地向李小龙行礼，我的截拳道第一课就这样结束了。

我们师兄弟三人——黄锦铭、赫伯和我，记忆中并无一人缺席任何一次训练。每日清晨，我踏上求学之路，下课后，又匆匆赶往工作的岗位。而黄锦铭与赫伯，或许在周三夜间训练前的白天时段，与李小龙共度了更多的时光；而我可能在晚上的课程结束之后，与李小龙有更多的时间待在一起。在那些年宝贵的课程中，我们始终相伴，共度了许多难忘的时光。有严肃认真的探讨，亦有欢声笑语、充满乐趣的片段，这一切我至今仍视若珍宝。黄锦铭与赫伯，他们不仅是我的师兄，更是我生命中的挚友。那些年，我们共同铸就了深厚的兄弟情谊。

Bruce Lee's

JEET KUNE DO
截 拳 道

Professional
Consultation & Instruction………$275 per Hour
Ten Sessions Course …………………$1000
Instruction Overseas $1000 a week plus expenses

李小龙的截拳道私教名片。
后来他的私教收费最高每小时275美元

那一刻，我明白了为何李小龙的名人私教课程每小时价值100美元，因为在那短短的一小时里，我从李小龙身上汲取了太多的智慧与技巧。若换作其他武术指导，或许历经数年，我仍有可能未窥门径。

黄锦铭婚礼：黄锦铭夫妇（后排站立者）
李小龙三位弟子：秦彼得、赫伯·杰克逊、李恺（中排左一、左二、右一）
李小龙和琳达（前排）

5

惊天一踢

　　从1967年底，我开始接受李小龙为期30个月的武术训练。每天，我们先以一系列热身运动唤醒身体，如膝部运动、深蹲、绕肩、拉伸等，李小龙总是强调柔韧性的重要性。接着是仰卧起坐、俯卧撑和其他体操运动，而后的基本技术训练，主要是步法和踢击等训练。

　　李小龙的教学并不拘泥于传统的套路，我和李小龙的训练也不涉及封打练习，以及他在西雅图与奥克兰武馆传授的内容。除了练习黐手，基本上只是热身，很少强调咏春或封打技巧，因为李小龙已经超越了那一阶段。所以，我们的训练更注重基础性的拳法和踢法，特别是实战对抗和体能训练。

　　李小龙总是强调步法的重要性，这不仅关乎实战中的机动性、灵活性、控制距离或寻角占位，还在于利用步法来为拳击和踢击注入强大打击劲力。可以说，移动脚和腿，并将臀部（转髋送胯）融入到整体动作中至关重要。他时常提醒我，真正的力量源自核心，即坚实的腹背部肌肉群，必须力从地起，全身协同，从脚、到臀到手，节节贯穿，直到最后冲击目标那一刹那才释放全部劲力，以此产生真正的穿透性的打击。

　　李小龙曾用"牛顿摆"（又名牛顿摆球）来说明其中原理。这个原理主要基于动量守恒定律和能量守恒定律。当一个摆动的球击中一排紧贴的球时，力量会通过所有球传递到最后一个球，并让它摆起

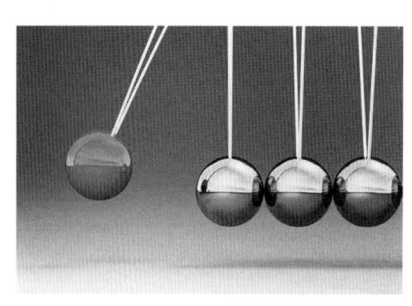

牛顿摆

李小龙穿透性疾步侧踢的威力

来，这正是李小龙展示踢击劲力如何从步法开始、产生动量、直至踢击脚跟穿透目标中心的方式。

为何要多练习踢击

在洛杉矶的日子里，李小龙几乎像训练手部一样勤勉地进行腿部训练。他拍摄的四部半电影中，近七成的格斗场面都聚焦于踢击，而余下的三成则侧重于手法。在他的私人教学中，踢击亦是重中之重。他常嘱咐我，要勤踢重沙袋，勾踢、旋踢、高踢等无所不包，但主要是练习侧踢。

某日，李小龙带领黄锦铭、赫伯·杰克逊在庭院中进行全接触对抗训练，却安排我独自练习腿法。我心中不免有些失落，过了一会儿，我鼓起勇气问他为什么安排我做这么多的踢击练习？他没有回答，而是走到客厅坐下，伸直一条腿，将手臂置于腿旁，轻声道："你现在明白了吗？"我恍然大悟，腿比手臂更长、更粗壮，因此更具杀伤力。李小龙正是通过加强踢击训练，提高了自己的攻击能力。踢击所造成的伤害，往往比拳击更为致命。

"我不怕曾经练过10000种踢法的人，但我忌惮一种踢法练过10000次的人。"

——李小龙

当时的我并未领会到这句话的深意，但它却完美地诠释了李小龙的武道哲学。他专注于完善一种简单技术，比如侧踢，不断重复、分解其中每一个动作细节，再通过大量的辅助训练加以强化，同时精调其应用时机，尽其所能地将侧踢锻造成为他无坚不摧的利器。

李小龙曾向我讲过一个古老的寓言故事。一位年轻的弟子按师傅要求每天将一筐卷纸背到山上的寺庙，然后将卷纸压平，如此持续一年之久。第二年，师傅又教他另一种压纸方法，以锻炼手臂与特定动作。第三年，又换了另一种压纸的方法。某日，年轻的弟子在村子里偶遇人群骚动，他很好奇地想挤进去看看发生了什么事情，于是他将手臂伸进人群，张开双臂往两边一分，结果所有的人都像苍蝇一样倒下了。这则寓言，与李小龙"忌惮一种踢法练习10000次的人"的"一技万练"的训练哲学，阐释的都是同样的道理。

踢　盾

李小龙踢飞持盾者的演武，如今已是堪称传奇的名场面了。他拥有两个专门用来训练劲踢的独特的盾靶。赫伯·杰克逊匠心独运，以木头为底板，泡沫块为靶面，制作出了其中一个超大、超重的踢盾，其上系有安全带，可轻松悬挂在肩上。此盾靶之设计，意在充分吸收踢击之巨力，每当李小龙施展劲踢，持盾者感受到更多的是迅猛沉闷的冲撞感。而另一个盾靶则轻巧便携，原本是专用于美式橄榄球抗冲击力训练的器材。李小龙外出教学时，总爱带上它，随走随练，方便至极。

  手持盾靶，你便能亲身体验李小龙那震撼人心的踢击劲力。当他踢击时，他会疾步踏进，让身体进入动态快移状态，最后，整体动作产生的动量会瞬间集中传递至盾靶上，同时，配合完美的发力时机和身体一直线发力结构，其爆炸性威力非常强劲。当李小龙的踢击命中时，盾靶内的空气会被猛烈压缩，并向外释放，这时，持盾者会被这一股强劲的冲击力瞬间拔离地面，向后抛飞出去。

李小龙在自家后院展示截拳道独创踢盾（左图），在《猛龙过江》片场采用空气泡沫踢靶进行训练（右图）。右图踢靶，原用于美式橄榄球球员抗冲击辅助训练。
  经李小龙采用、改进并提倡的此种高效踢法辅助训练器材，其后风靡武术世界

1968年初，我与几位友人聚餐，他们对我频频提及李小龙颇感不满，他们问："他真的有那么厉害吗？"尤其是其中一位名唤维克多·林（Victor Lam）的友人，还与香港演艺界有着千丝万缕的联系。面对他们的质疑，我答曰："李小龙之腿法，非言语所能描述，何不亲自体验一番？"维克多闻言，慨然应允。于是，我即刻致电李小龙，询问是否方便一聚，李小龙爽快答应："尽管带来便是"。当晚，我便带着维克多及众友登门拜访。

　　李小龙取出盾靶，用粤语吩咐道："彼得，教教维克多如何持盾。"维克多西装笔挺，他脱下外套递给我，我关切地询问他是否要取下手腕上的劳力士表，他表示并无妨碍。我再次询问，"你确定？"维克多答道，"放心好了。"维克多身高约1.7米，体重约79公斤。

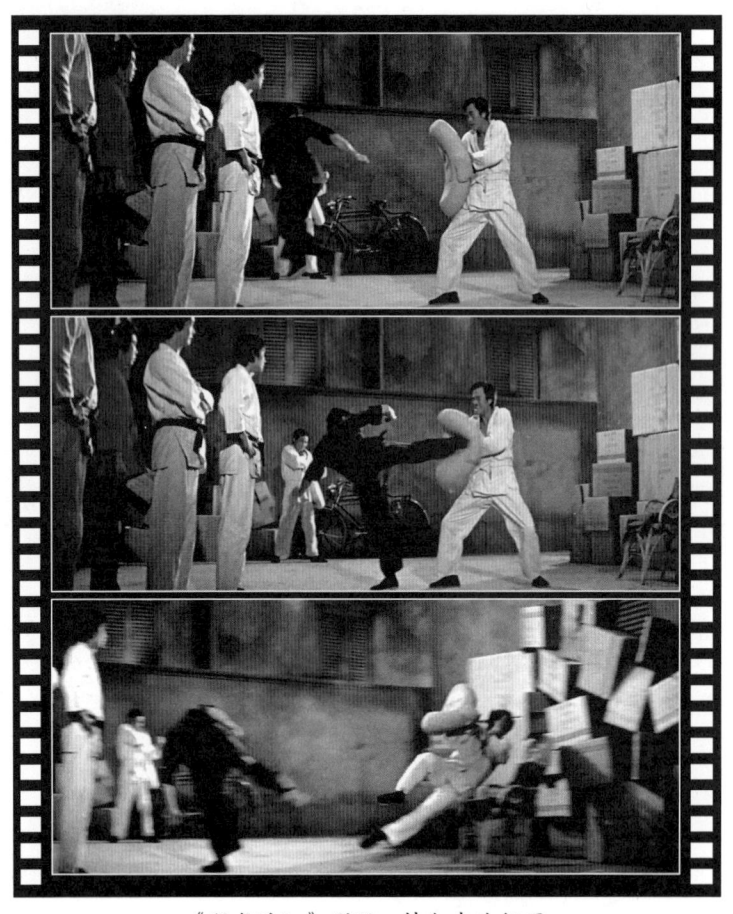

《猛龙过江》剧照。持靶者为胡奀

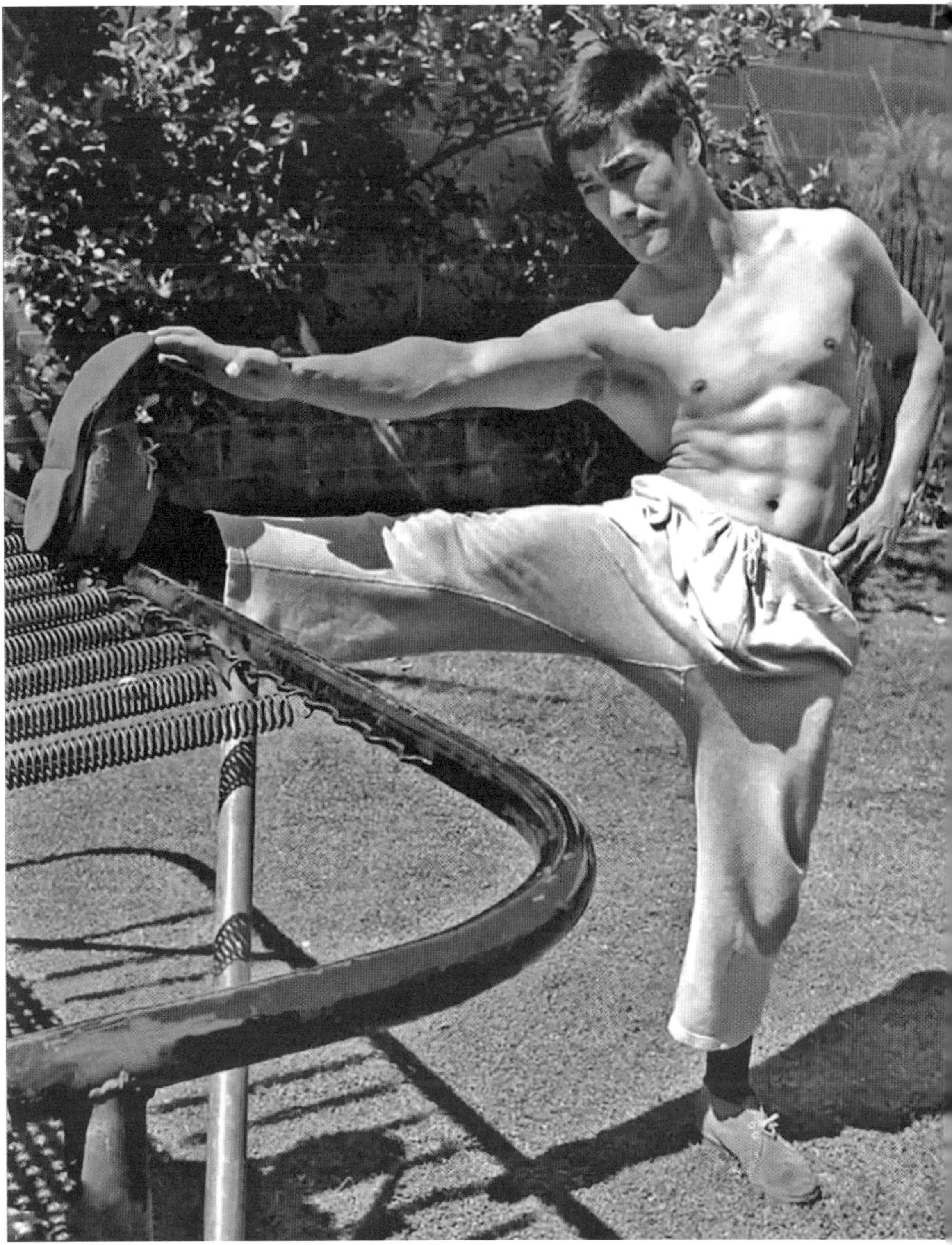

我瞥见李小龙脸上带着他标志性的微笑。他示意我站在维克多身后。我们当时在客厅和厨房之间的区域，维克多则站在离墙约6米远的地方，而我站在维克多身后，靠近墙壁。李小龙问维克多是否准备妥当，他点了点头。随后，李小龙发出一记侧踢，维克多便如被狂风吹起的落叶般腾空而起，直撞向我。这一幕，与《猛龙过江》中李小龙踢飞胡奕（李小龙现实生活中的居家

李小龙在自家后院进行柔韧拉伸训练

密友和管家）的场景如出一辙，只不过这次，是维克多代替了胡奕。

维克多落地后，一时间竟说不出话来，脸上满是震惊与不可思议之态。众人见状，无不瞠目结舌。维克多缓过神来，低头一看，发现自己的劳力士表竟已掉落在地。他那一刻的表情我永远无法忘怀。他不知道是该笑还是该哭，仿佛整个世界都为之颠倒。

不要思考，直觉

正如他那寸劲拳般，李小龙的踢击之劲，唯有亲身经历，方能真正体会。我们之中，只有少数人有幸体验过李小龙的惊人劲踢，每一次经历，都将成为我们难忘的记忆。被李小龙拳打脚踢过的人，都是这世上最幸运的存在。

为了给《黑带》杂志的一篇文章配图，一位摄影师曾亲访李小龙府邸。李小龙为了展示其侧踢之精妙，特意让黄锦铭与我交替站在重沙袋一侧，背对重沙袋。这样，你就不会知道李小龙何时会踢击沙袋。当李小龙潜步接近沙袋时，我听不到他任何的动作或脚步声，直到他那一脚踢出，我才感到一股巨力穿过重沙袋，直击我的背部中央，我的头猛地

向后一甩，仿佛被一辆疾驰的汽车从后方猛烈撞击一般，我的脚离开了地面，整个人狠狠地撞在墙上。那一记劲踢带来的猛烈而具毁灭性的震撼之感，至今令我记忆犹新。

李小龙的踢击，真的致命。

高踢拉伸

早些年，我了解到李小龙特别强调不过腰的低位踢击。在我跟随他训练的时候，他开始练习针对胸部和头部的高位踢击，这彰显了他永不止步的探索精神。我们知道，李小龙总是在不断自我精进，他的踢技亦如是。他总是对我说，"每日皆有所学和所得，进化之路永无止境"。我相信，随着时间的推移，李小龙从训练伙伴李俊九、查克·罗礼士、迈克·斯通和乔·刘易斯那里，或多或少地借鉴、学习了一些他所需要的东西。最难能可贵的是，当李小龙从某人那里学到一些东西时，他最后总是能做得比那个人还要更好。

为了提升踢击的高度，李小龙不遗余力地增强自己的柔韧性，通过各种辅助训练方式拉伸双腿来达成目标。但凡有机会，他就会不停地进行拉伸运动，或是利用滑轮绳，或是将腿高高抬起，置于室内任何一处

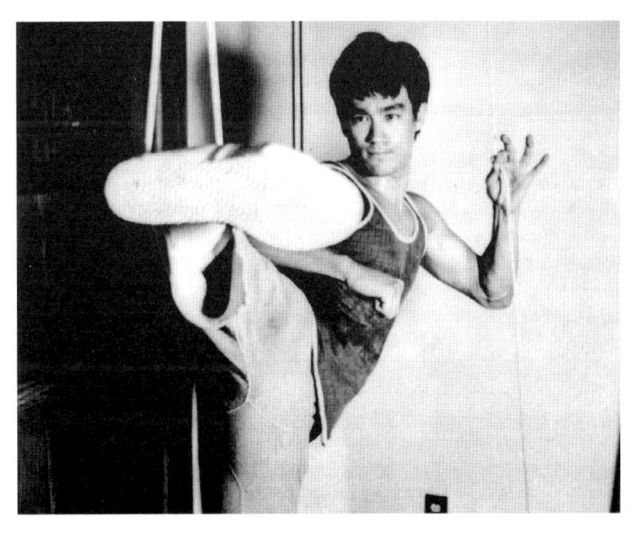

李小龙进行控腿及拉伸训练

高位纸靶踢击训练，以发展穿透性鞭打式快踢

较高的物体上。

　　高踢或低踢,取决于实际情况,并不是每个人都能有效地高踢,身体类型和柔韧性是重要因素。事实上,绝大多数人的踢击,都远远达不到李小龙踢击所能爆发的杀伤效果:一踢必杀,一击必杀(ONE KICK, ONE KILL)。

　　后来,李小龙钟爱一种独特的组合踢法:先以侧踢直击头部,再快速踢击胸部,最后以旋踢打脸。在他的电影中采用了很多类似的连环踢击,这让他在《唐山大兄》上映后,获得了"李三脚"的绰号。在那部电影的制冰厂骚乱的打斗戏中,李小龙脖子上的玉项链被无情扯下,而他对工厂监工连环三脚的踢击,很好地展现了他的"李三脚"之威。

　　李小龙的连环踢击动作如行云流水般流畅迅速,看上去他仿佛真的拥有三条腿一样,令人叹为观止。

李小龙练习高踢

李小龙近距离高踢头

彼得练习高踢

6

鬼魅之速，猫之反应

李小龙，其惊人之速度，宛若鬼魅，反应之灵敏，又似猫儿！

说实话，我不能确定李小龙最令人印象深刻的究竟是什么，是他一击必杀的劲力，还是他那闪电一般的速度。李小龙的踢击和拳击，既具有强劲的穿透性杀伤力，同时又不失令人炫目的速度。力量与速度，如阴阳之和谐，在他身上达到了完美的平衡。速度的极致，更是让他的拳脚之力倍增。

李小龙曾言，速度源于力量，但更需精准。无论出拳还是踢腿，皆需力量、速度与精准度的完美融合。这三点看似简单，实则难以企及。李小龙的动作，富有爆发力且非常精准，这也正是他的寸劲拳与侧踢成就传奇的重要原因。

李小龙的近身封打手法，快到令人眼花缭乱。他精通拍手（pak sao），能巧妙阻止对手的攻击，并以迅雷不及掩耳之势反击。在《猛龙过江》中，他与查克·罗礼士近身双手瞬间相交的封打场面，便是对这一技巧的生动诠释，动作都极为简洁。李小龙实在是太强劲、太快了，我甚至感觉，他的动作之快，快过闪电。

硬币把戏

李小龙喜欢与人玩"硬币把戏"。他会在别人手心里放上一枚一美分硬币，对他说："切莫让我抢走。"稍等片刻，李小龙会问他："你是否已准备好？"然后，他试图在对方合拢手掌之前将硬币抢走。当李

李小龙在片场休息时，和朋友玩换硬币把戏

小龙说："打开你的手掌。"对方会发现那枚一美分硬币仍安卧手中，他会因此感到得意。此时，李小龙就会带着他那标志性的微笑说道："让我们再试一次。"他再次出手抢硬币，这一次，当对方张开手掌时，发现硬币仍然还在，不过已经变成了一枚五美分硬币！足见李小龙身手之迅捷。

李小龙曾言："你必须全身心投入，然后迅速出击。"他的拳势如鞭，迅猛有力。每当他挥拳之际，即使隔着屏幕，也能感受到那股震撼人心的力量。

闪电快踢

许多人曾亲身体验过李小龙的快踢。被问及"他踢得究竟有多快？"时，他们无不众口一词地惊叹："只是一眨眼间，他的脚就已经踢到了你的面前。"李小龙出腿疾如电闪，仿佛能跳过对手反应凭空突现，常常让对手因惊惧而失去平衡，那些曾遭受李小龙踢击的"幸运儿"（或许是"不幸者"，取决于你如何解读），如成龙、洪金宝以及黄淳梁的得意门徒温鉴良，均对此深有感触。因为李小龙出腿往往直取头部，劲疾精准，控制有度。最为人津津乐道的，莫过于《猛龙过江》中那场激动人心的古罗马斗兽场之战。李小龙的踢技在其中展现得淋漓尽致，多次快踢，连踢查克·罗礼士的头部，这无疑进一步加深了人们对于他"李三脚"称号的认同。

速度之科学与实践

虽然李小龙快缩肌肌群占比非常高，但他之所以能达到如此速度，并非仅仅依靠天赋。他通过高强度的科学化、功能化的体能训练和辅助训练，不断提升自己的速度特质。

通过对西洋击剑的深入研究，李小龙创造性地借用击剑无预示突击原理来完善自己的徒手攻击技术，同时配合灵动快捷的步法，让他的攻击变得更加的快速隐蔽、防不胜防。击剑是一项高度精细且高效的现代竞技运动，蕴含着丰富的科学格斗的战略战术，李小龙从中学到了很多关于速度和攻击方法的理论知识，并通过截拳道学以致用。因此，他真

1973年，发生在《龙争虎斗》片场的真实切磋。数尺之外的李小龙发动闪电一般的隐蔽突击。对手是20世纪70年代美国重量级空手道世界冠军鲍勃·沃尔

《猛龙过江》剧照。李小龙对战世界空手道冠军：预判对手的预判，前脚侧踢半路截击

正做到了理论与实践的完美结合。

速度，有诸多维度。而李小龙，无疑是这所有维度中的大师。无论是启动速度、动作速度、感知速度、心灵速度、还是应变（心流）速度。他超凡的反应能力和手眼协调能力，让他能够迅速应对对手的攻击。这种能力，已经超越了智力范畴，成为一种直觉。李小龙如猫，有一种与生俱来的能力，让他能够读懂对手，预判攻击。

李小龙曾为我们安排过一些协调训练，如一手摩擦同侧大腿，一手握拳在另一侧大腿上下弹动。然后，他会要求我们在两只手之间快速切换动作。这些训练培养的正是中国人所说的"一心二用"。

觉知——一次截拳道教学

在一堂课上，李小龙向我展示了步法及一些前踢的应用之法。当我们面对面时，李小龙让我踢他，但每每在我抬腿欲踢之际，他的脚就已封阻在我的膝关节之前。经过几次尝试后，我问他是如何做到的。他回答："我能感知到你的肩膀动了，所以我能预判你要踢我。"第二天早上，我在家里的镜子前反复试验，试图模仿他的感知能力，但我发现即使自己很慢地抬起腿，我也无法看到肩膀的微小动作。我想，李小龙之所以如此敏锐和警觉，是因为他甚至能察觉到我意图踢击时刹那间在身心上所产生的最细微的动作和变化，就好像他能读懂我的思想，看穿我的行为一般。

李小龙还告诉我，面对对手时，你可以从他们的眼神中窥探出端倪。一个人的眼睛往往能透露出许多信息，如果一个人能保持极佳的格斗身心状态，他甚至可以让对手产生心理上的畏缩，形成心理震慑。李小龙非常擅长捕捉对手注意力分散的瞬间，在对手没有全神贯注于自己或打斗的那一刹那，李小龙会迅速发动攻击或截击，因此，他即使要穿越更远的对抗间距，仍能让对手措手不及。

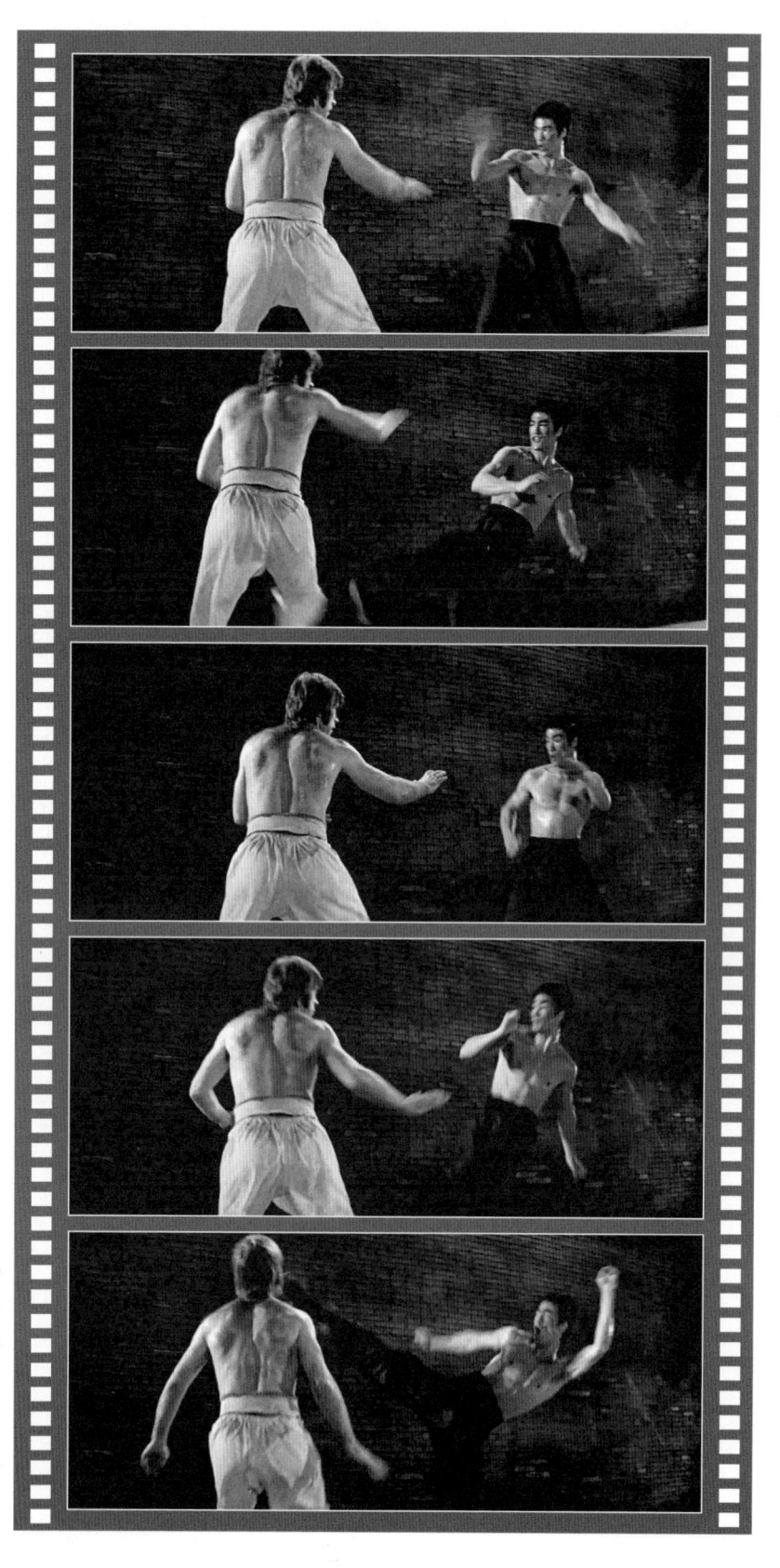

《猛龙过江》剧照。李小龙以低位拦门踢佯攻,将对手注意力下引,突变为高位勾踢击头,一举将对手击倒

虚则实之，实则虚之

为了突破对手的防御，李小龙喜欢在出拳或踢击之前使用佯攻。他会通过佯攻或假动作引导对手做出错误反应，从而为他针对预定目标的真正攻击创造出空当。这主要是通过误导对手或是改变节奏来实现。他的招牌佯攻之一，是假踢小腿，紧接着变线踢击头部。除了用腿，他也善于用手进行佯攻，但他的速度如此之快，以至于对手很难及时感应，这就是被觉知和被看见之间的区别。

此外，李小龙还是一位破坏节奏和掌控时机的高手。他会引诱对手陷入一种懈怠或机械的节奏之中，然后突然在节拍之间打出致命的一击，或有时会在故作犹豫刹那，发出突刺一般的一击或一踢。

击碎木板——速度、劲力与精准的结合

尽管李小龙曾对电影《龙争虎斗》中的奥哈拉（由世界冠军鲍勃·沃尔饰演）说过"木板是不会还手的"，但他本人确实非常擅长破板，而且是用自己独特的方式来完成。与空手道、跆拳道练习者不同，

李小龙在香港TVB无线电视《欢乐今宵》节目中表演寸劲拳破板

他们通常会让一个或多个伙伴伸出手臂，然后用手牢牢地固定和支撑住木板，以便击破，但李小龙却让志愿者用一只手悬空抓住木板，甚至有时会直接将木板抛向空中，然后在木板下落时用拳或脚准确地将其击破。李小龙之所以能做到这一点，是因为他能在击中木板的最后一刻，以最快的加速度，集力于一点，精准地发力于瞬间（用蔡龙云先生的话说，就是"击必中，中必摧"的能力）。有趣的是，击打或踢击用绳子吊着的一张纸靶，也有助于李小龙磨练他的破板技巧，因为这可以帮助他完美地掌控发力的时机和距离。在他的演武活动中，他甚至可以用寸劲拳击破木板，或者用侧踢一次性击破五块叠在一起的木板，而志愿者只是紧紧抓住木板的顶部，没有附加任何其他支撑。

抓硬币

李小龙的出拳速度有多快？最好的例子，是我1972年去香港拜访他时的一个亲身经历。他当时告诉我，他想拍摄一部以19世纪60年代华人在美国修建铁路为历史背景的西部功夫电影。他曾给我看过一本封面上

有枪的书，他说："我开始练习快速拔枪了。"他拿出5枚25美分的硬币，排成一排放在手臂上，然后他说："看这个。"他猛地抬起手臂，将硬币抛向空中，并在它们落下时接住它们。他非常轻松地用手掌合拳接住了全部5枚硬币。他笑着问我是否想试试。我毫不犹豫地答应了。我按照他的方法去做，但只接住了一枚。我坚持道："等一下，让我再试一次。"我当时并未意识到这样做有多难。在尝试了多次后，我最多也只能接住3枚。

在所有李小龙的功夫电影中，他的出拳和踢击速度都非常快，快到电影在影院按正常速度播放时，看起来就像是慢动作一般。这就是为什么观众能够一帧一帧地看清他的拳脚动作，和出拳、踢击时的一招一式。直到今天，也没有哪位武打演员能够重现李小龙那样的打斗场面。

抓硬币游戏（在香港，作者曾亲眼目睹李小龙娴熟地抓取5枚硬币的绝妙表演。若你亲身尝试，便能深切感受到李小龙那令人惊叹的速度）

1968年8月16日,李小龙与弟子秦彼得、黄锦铭谐趣合影。
三位来自中国香港的师徒,同文同种,志趣相投,亲密无间

7

训练课后：从师徒到密友

训练课结束后，我意识到，我与李小龙之间的关系，越来越像亲密的朋友，而不仅仅只是师徒。每晚7点到8点，虽然训练课只上一个小时，但我总是会留下来和他"闲聊"直到大约晚上11点甚至到午夜。我无比怀念与李小龙共度的课后时光，我们在武术的探讨中找寻生活哲学，期间还夹杂着大量的玩笑和"更衣室话题"。我们有着相似的幽默感，不断地开着玩笑，而这正是我收获最多的时刻。

李小龙和我有着诸多共同点。我们通常以粤语交谈，但当琳达出现时，我们便会默契地切换至英语。我们都是在香港这片土地上长大，曾就读于同一所学校——圣芳济书院，更有着共同的爱好，无论是跳舞、练习咏春拳，还是以演艺为职业。就连我的婚姻，也与李小龙相似，我最终也娶了一位美国女子。

李小龙以身为中国人为傲，他常对我说："彼得，无论我们身处何方，哪怕是在美国，哪怕娶了美国妻子，但在我们内心深处，我们永远是中国人。"他对自己的文化传统怀有无比的自豪，这不仅仅是他功夫哲学的根源，更是他的一种"生活方式"。

须知，中国武术深深植根于中华文化之中。它源远流长，与中华文明一同历经岁月洗礼。功夫哲学中，融合了大量的文化和道德元素，使中国武术显得如此丰富多彩，层次深邃。它所提供的，远不仅限于防身与健身的技艺，更是一种身体的文化。

当时，香港是东西方文化的交汇之地。李小龙巧妙地将两种文化的精髓融为一体。正是基于这种共同的文化背景，理解上的默契，有时我们无需言语，便能心灵相通。我们能感知到彼此的存在；当目光交汇于某一物，我们便会默契地相视而笑，心领神会。

金庸先生于20世纪50年代创作的武侠小说，如《射雕英雄传》，是我们共同的热爱。这些作品被誉为中国文学史上的瑰宝，我自幼在香港长大，自然对其爱不释手。

这些小说的中心主题，正是武术哲学，它被视为一种身心双修、自我提升途径。其中的武术原则，包括平衡与和谐、以柔克刚、适应性、毅力、勤奋、伦理与道德。习武者通过不断磨练技艺，修炼内在力量，以达到自我完善的境界，并利用自己的技艺和能力除暴安良，保家卫国，匡扶正义，所谓"侠之大者，为国为民"。中国武术家们恪守武德和门规守则，行为正直，尊重他人。忠诚和荣誉是他们最珍视的品质。他们树立了高尚的道德标准，并将这些美德传递给每一位武术爱好者。这些思想在中国文化中根深蒂固，至今仍深深地影响着中国武术的习练与教学。

此外，我们还热衷于讨论中国文学四大名著：《西游记》《水浒传》《三国演义》和《红楼梦》。这些文化历史的瑰宝，总能让我们沉浸其中，一聊便是几个小时。

可以说，这些小说对我和李小龙这样在香港成长的青年人有着深远的启示。它们是李小龙取得武术卓越成就的基础之一，以至于他在《猛龙过江》的打斗场景中巧妙地运用了金庸小说中的术语，如"飞龙在天"和"神龙摆尾"。为表达敬意，我在接下来的叙述中，也将以这些小说中的术语，来描述这位伟大的武术家——李小龙。

金庸武侠小说插图

金庸传统武侠小说

20世纪60年代初，在美国华盛顿大学求学期间，
李小龙随手绘制的中国武侠对战图

8

从身轻如燕到真诚表达

　　李小龙的踢腿，仿佛轻舞飞扬，优雅而自如。他步法灵动，身轻如燕，如中国功夫成语中所描述的那样。他的动作看似轻盈，但每一记踢击都蕴藏着令人难以置信的劲力，精准且无可挑剔。杀伤力如此惊人，却又如此轻盈，他是如何做到的呢？

　　李小龙的秘诀在于不懈的锻炼。他每日坚持慢跑，风雨无阻，这不仅锻炼了耐力，还提升了动作的敏捷度。在慢跑和轻踢腿的练习中，他甚至偶尔会为脚踝加上负重，以增强训练效果。当卸下负重时，他的脚步似乎更加轻盈如风，但踢腿的力度却依旧如雷霆万钧。

　　然而，我认为李小龙之所以如此轻盈优雅，其中一个主要原因，是他曾经进行过大量的恰恰舞训练，曾在香港赢得过恰恰舞比赛冠军。我也曾学过舞蹈，深知其奥秘，一个人若想快速、轻松、优雅地控制自己的动作，必须具备良好的协调性、节奏感以及敏捷性。舞者需时刻关注舞伴，引导其动作，舞者的学习模式和突破模式，不正是武术所追求的境界吗？李小龙强调步法、移动性和适应性，在他的格斗中，这些特质得以淋漓尽致地展现。

　　我曾目睹李小龙练习上下沙袋的情景，那画面至今仍历历在目。他仿佛与沙袋共舞，出拳和踢腿都完美地与沙袋的律动同步。黄锦铭也打得不错，相比之下，我只能自愧不如。

　　任何受过严格训练的武术家，在观看李小龙的电影时，都会明白他不是"纸老虎"。尽管龙虎武师们会在打斗场景中对他的踢腿做出反应，但李小龙是真正的格斗高手，他的踢击只能被感受到，而不是被看到。电影观众能在银幕上看到李小龙踢腿和拳击的每一个动作,是因为李小龙真实动作太快了,以至于按照影院的正常放映速度看起来,感觉他的动作变慢了。从李小龙的功夫电影中,观众除了欣赏其精湛技术外,还能深切感受到其功夫表达的真实感和强烈情感。

舞蹈在动作、表情和优雅程度上都拥有独特的表演感和表现力。李小龙自小便以爱表演闻名,这在他童年时期拍摄的香港电影中便可窥见一斑。他用武术展现了"肢体表达的艺术",但我认为这种艺术贯穿于他生命的各个领域。从舞蹈到早期的武术表演,再到后来的真功夫电影,李小龙始终在真诚地表达自己。

在皮埃尔·伯顿的电视专访中,李小龙曾将自己在电影中的成功归功于"真诚地自我表达"。他的真实与真诚在银幕上熠熠生辉。李小龙的打斗场面亦是如此——与当时香港武打片冗长、沉闷的打斗场面形成鲜明对比。观众被李小龙的个人魅力所吸引,因为他展现了最真实的自己。

纸靶训练是李小龙从中国传统武术中汲取的用以发展格斗特质的辅助训练方法

李小龙热爱拳击，图为李小龙进行上下拉扯式拳击速度球训练

9

完美一击：截击

敌不动我不动，敌一动我先动

当我们在后院进行对抗训练时，我觉察到李小龙总是采取反击战术，以静制动。他的洞察力如此犀利，能读懂我的意图，预判我的攻击时机，半路拦截我的攻击或移动。然而，当我试图窥探李小龙的破绽时，却如同雾里看花，更遑论在他收手不动或失去平衡时，能抓住时机发起有效反击。他不动如山，静观对手，如同一只伺机而动的捕鼠之猫。一旦我犯错，就会突然猛扑过来！和李小龙对抗，完全就像一场快速拔枪对射的比赛，是速度与智慧的对决：即使我先出手，他也能先我一步击中要害，后发先至。

当李小龙进行示范时，他会允许搭档采用任何方式攻击他，并坦言："无论你用何种方式攻击，我都能应对。"此言一出，搭档不禁心生紧张，因为他无法预知李小龙的下一步动作，更无法预料何种凌厉反击会降临。

从李小龙在长堤国际空手道锦标赛上全接触对抗的演武中，我们便可窥见一二。事实上，仅仅只是观看这些片段，就能让人受益匪浅。李小龙常常伸出手臂，精确测量与对手之间的距离。我们在训练中常常提及"间距"一词：保持间距、桥接间距或缩小间距。只有对间距有深刻的理解，方能有效截击或利用无规则节奏打败对手。

李小龙的格斗意识敏锐至极，他能预先感知对手的意图。在《龙争虎斗》中，他开示年轻的弟子："不要思考，直觉！"直觉化的感受格斗态势需要丰富的经验，更需要清晰地洞察正在发生的一切。李小龙强调要"融入"对手，这便需要用心去感知、去体验。

综上所述，这一原则亦蕴含了自卫的功夫哲学。若你的对手并无恶意，那么你也不必伤害他；但若你察觉到他的威胁，那么你就先发制人。敌不动我不动，敌一动我先动！这一理念在武学实践中永不过时。

只有对间距有深刻的理解，方能有效截击或利用无规则节奏打败对手

《猛龙过江》剧照：一镜到底的长镜头实录。李小龙对战"左腿王"韩国合气道黑带七段黄仁植。对手刚提膝，李小龙高踢已经上头。李小龙以简单、直接、高效的科学化、本能化格斗技艺表现，完美诠释"敌一动，我先动"的武学精髓

10

身意合一

在《龙争虎斗》的经典修复版中，继李小龙戴上分指手套，与洪金宝来了一场踢打摔拿兼施的现代综合格斗式的比武之后，紧随的一幕，是李小龙与少林寺方丈（由乔宏饰演）的武道论禅。这一剧情场景曾在1973年的最初版本中被剪掉了，幸而在1998年的修复版中得以重现。通过剧中论禅，李小龙深刻诠释了武术的至高境界——"将技巧隐于无形""当对方伸张时，我即收缩；当对方畏缩时，我即立刻伸张。以退为进，以进为退。当时机来临时，用不着我思考如何打，它自然就把对

内练一口气，外练筋骨皮。20世纪60年代初，在西雅图湖边禅修的李小龙

方击倒"。这正是中国武术术语"身心合一"强调的身体和意念一体融合的精髓所在。面对强敌,无须思考,只需全身心流动,去感受、觉察,正如李小龙经常提到的这个词——"直觉"。

我清晰地记得李小龙曾对我说,在掌握了不同的风格或技巧之后,你应将所学所练忘到脑后,让直觉和本能发挥作用。因此,与敌交锋时,无须思考,更无须预设对手可能采取的行动。因为对手不可能如你所愿,思绪的纷扰只会让你陷入偏执。你需要清空杂念,顺应形势,灵活应变。这就需要我们精简所学,摒弃无用的,保留有用的,反复锤炼,直至炉火纯青,化为你的肌肉记忆。如此,我们方能在对手动之前不动如山(毕竟功夫是用于自卫的),对手若真的发难,你自能凭借本能反击,无需任何思考,你的拳头就能自动自发地击倒对手,从心所欲不逾矩,此即身意合一。

《龙争虎斗》剧照:身意合一,从心所欲不逾矩

提倡无限制、无门派、非传统、跨领域交叉学习和训练，追求如水适应、全能科学格斗的李小龙，被国际综合格斗界主流尊崇为MMA之父

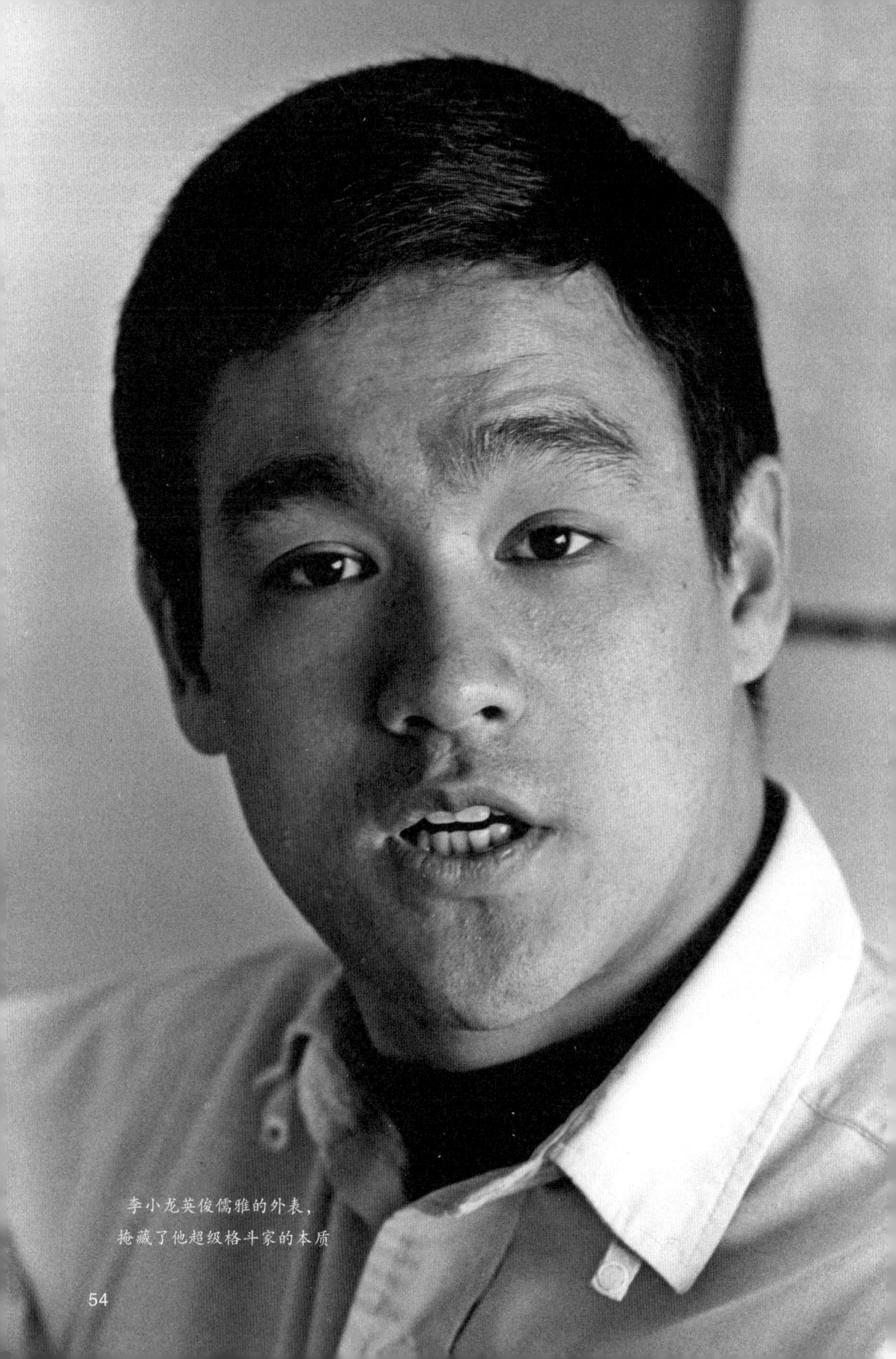

李小龙英俊儒雅的外表,
掩藏了他超级格斗家的本质

11

李小龙：是银幕英雄也是超级格斗家

有人问李小龙："你真的如此厉害吗？"

他答曰："如果我告诉你我很厉害，也许你会说我吹牛；如果我告诉你我并不厉害，你肯定知道我在撒谎。"

（记者泰德·托马斯专访李小龙）

李小龙离世后，一些自诩为武术大师的人开始质疑他的实战能力，认为他不过是电影中的花拳绣腿，并不是真正的格斗家，一个毫无实战经验的纸老虎。然而，以我亲身经历和所见所闻，我想直截了当地说，李小龙作为一代截拳道宗师，是真正实力超卓的格斗家，他的实战能力足以让那些质疑者望尘莫及。

须知，20世纪50年代的香港，在街头巷尾、屋顶天台之上，李小龙曾无数次与人交锋。那时的比武，没有拳套，没有复杂的规则束缚。另外，李小龙还曾参加全港校际拳击比赛，打败蝉联三届冠军的洋人冠军，在圣芳济书院一战成名。

1958年，在香港一次传武门派间的天台讲手中，李小龙两回合打晕蔡李佛馆一位姓钟的教练级对手，并打掉其一颗牙齿；1960年，在西雅图，面对日裔职业空手道/柔道黑带中村洋一（Yoichi Nakachi）的挑战，李小龙以机关枪似的连环直冲加一个前踢，仅11秒就踢昏对手，致其面部重创。多年来，主动承认打不过他的美国空手道、柔道国家级、世界级冠军，拳击冠军，以及武术大师级人物，包括但不限于乔治·迪尔曼、吉姆·凯利、路易斯·迪尔加多、海沃德·西岗、欧内斯特·里

李小龙,一脚足以"致命"。他,不愧为"功夫之王"

一拳必"杀"

布、李俊九、詹姆斯·德迈尔、冯天龙等。

在奥克兰与黄泽民的比武中，黄泽民欲设规则，但李小龙却坚称："这是一场自由的较量！"他之所以不参加有规则的擂台比赛，是因为他一生都专注于无限制格斗，他拥有一种与生俱来的无限制格斗的杀手本能——

"忘却胜负，忘却荣辱，忘却痛苦。敌人伤你肌肤，你便破其血肉；

敌人伤你血肉，你便断其筋骨；敌人断你筋骨，你便取其性命！

无需顾虑安危，只需将生死置之度外。"

（《截拳道之道》）

李小龙通过严苛的训练，达到了"一踢必杀，一击必杀"的击必中、中必摧的格斗境界。李小龙振藩国术馆助教弟子伊鲁山度曾说："李小龙可以一拳干掉一个对手。"李小龙的武林好友，"美国跆拳道之父"李俊九也声称，他不会和李

乔·刘易斯演示强侧置前的截拳道警戒式。他是代表李小龙截拳道在国际最高水平的擂台赛上接受实战检验的第一人。他自称是李小龙在职业擂台上开展科学格斗实践的"超级试管"

小龙比武，因为"被李小龙打中一拳，绝对会晕倒"。

此外，他的性情也如同他的格斗风格一般，火爆而热烈。我相信，这正是他一生精力充沛、活力四射的源泉。李小龙的格斗心态从来都是全力以赴，勇往直前。无可置疑，李小龙既是银幕上横扫强敌的英雄，也是现实中真正的超越时代的格斗家。

我能理解，为什么有些人会想当然地质疑李小龙的实战能力，因为他让这一切看起来如此轻松优雅。他的英俊外表和强大的自信，掩盖了他的"杀手"本能，让这一切看起来仿佛像是一场表演。但在我看来，在无限制格斗方面，李小龙确实是一个真正的"杀手"。

有人问我，为何李小龙不参加空手道锦标赛？我想说，李小龙的实

从1967年开始，李小龙在洛杉矶自家后院私教指导当时的美国顶级空手道世界冠军。这是在1967年华盛顿空手道大赛上，李小龙为他的截拳道私教弟子乔·刘易斯颁发总冠军奖杯。乔·刘易斯因20世纪70年代将截拳道踢拳搬上职业擂台，成为推动国际全接触空手道/踢拳（自由搏击）职业运动的先驱人物，被誉为"美式踢拳之父"

力已经远远地超越了他所处的时代。他看不上那些"点到为止"的传统寸止式比赛，或打点得分的轻接触式或半接触式的搏击赛（李小龙称其为比赛，他认为那只是一种"一碰就分开"的格斗游戏）。早在1966年，我们就开始戴着拳击（或分指）手套、护身、护裆、护腿和头盔，在全接触对抗中"全力以赴"了。

你们知道，为何三位全美最顶尖的世界冠军都争相向李小龙求教吗？因为他拥有别人无法企及的实力和天赋，先进的搏击理论和实践体系，他们渴望向他学习，看看自己是否也能达到和李小龙同等的实力水平。同时，期望在李小龙的指导下，全面提升自己的擂台统治力。事实上，乔·刘易斯1993年就亲口承认，在跟随李小龙训练的第一年，他在他参加的全类冠军赛、锦标赛，以及国际锦标赛等系列大赛上突然就变得无敌了，"我连续夺得11个总冠军，未尝一败，这在当时简直是难以置信的奇迹！"

1968年，刚刚入选美国黑带名人堂的泛美柔道冠军海沃德·西岗（左）和美国空手道世界冠军罗礼士，一左一右与名人堂颁奖嘉宾李小龙合影。这两位冠军都是李小龙洛杉矶家中后院的训练常客，并接受了李小龙的截拳道指导

每日清晨的慢跑或变速跑训练，是李小龙坚持一生的运动。他曾称"跑步是训练之王"

12

体能训练与慢跑

"截拳道,其实质并非炫目之技巧,
而是精神与体魄的双重极致磨砺和表达。"

(《截拳道之道》)

请允许我再一次郑重地阐明:李小龙之所以能在武术界留下浓墨重彩的一笔,很大程度上源于他对武术的矢志不渝。这一点,从他全身心投入身体锻炼的每一个细节中便可见一斑。李小龙,是健身的时代先峰,曾站在健身革命的前沿,如同现代职业运动员般刻苦,自主开展系统的科学训练,而那竟是发生在60多年前!

李小龙曾感叹,武术界过于关注技巧,却忽视了运动员的体能训练。当时,许多传统武术家和搏击运动员认为,以套路为主要锻炼形式,只需反复练习那些基础技术或招式即可。于是,他们花费过多时间在技巧上,却忽视了个人身体素质的同步强化和锻炼。因此,体能训练成为当年众多武术流派训练体系中,最容易被忽视的要素之一。李小龙曾言:"当你踏出家门,你无从预知会有何事发生,而未知的挑战可能会随时降临。因此,你必须时刻保持最佳的身体状态。"

无论采用何种流派武技的教学方法或训练手段,只要将现代体育化的体能训练纳入日常课程,短短数月,你便能感受到明显的差异。李小龙曾说:"你只有两只手和两条腿,因此最好将身体的每一部分都训练至极致。"当我拜访李小龙时,我观察到他大约将30%的时间用于技巧训练,而将剩余的70%都倾注在了现代体育化的体能训练上。在许多方面，李小龙的训练模式与职业拳击手如出一辙。

慢跑和腹肌锻炼

李小龙视慢跑为武术训练的基石，并强调其在功夫训练中的重要性。他曾向我建议："彼得，若你真想精通功夫，就必须从日常慢跑开始。"出于了解更多知识的好奇，我向他请教慢跑的秘诀。李小龙指导我，从每日约40公里长跑开始，最后800米需全力冲刺。这样的艰苦训练需持续30天，我明白，这需要极大的毅力与决心。但李小龙强调，若想真正领悟功夫的奥秘，这样的付出是必不可少的。

在经历最初的30天挑战之后，李小龙建议我逐步减少跑步距离。调整后的计划，包括在接下来的30天内每天慢跑约32公里，然后是接下来的30天每天跑约24公里，进一步减少到每天约16公里。最终的目标是每天稳定在4~8公里，无论晴雨，同时特别强调最后800米的冲刺。

此外，一旦开始这种训练方式，若有一天未能坚持慢跑，那么在耐力和体力方面便会有所退步，相当于前两日的努力付诸东流。他还提醒我，随着时间的推移，需要逐渐提高慢跑的速度。

聆听教诲，我深刻理解了李小龙的告诫。成功并非一蹴而就，即使你拥有世界上最优秀的师傅，归根结底，一切成就都取决于弟子的执着与专注的自我锻炼。

李小龙对慢跑的热爱，源于他与黄泽民在奥克兰的那场比武。那场比武对他而言，如同一记警钟。在那之前，李小龙对自己的实战技能自信满满，但那场比武在追击对手约3分钟后，他才在几乎耗尽体力的情况下，摔倒并制服黄泽民。

这次经历让他深受触动，他发誓绝不再让此类情况发生。他将全力以赴，为每一场格斗或比武做好最充分的体能准备！

李小龙提倡慢跑还有一个鲜为人知的原因，这涉及截拳道的街头自卫基本原则。他曾告诉我："当你在街头身陷困境时，首先尽你所能摆脱它。只有在100%必要且你无法逃脱时，你才必须用一到三个动作快速解决问题。若连这都无法做到，那么，你最好的选择便是掉头就跑。"

慢跑，无疑是增强体力和耐力的最佳途径，同时也是锻炼腹肌的绝佳运动方式。格斗所有的劲力都源于身体的核心部位。李小龙深信，腹部肌群是武术家最为重要的肌肉群，因为几乎每个动作都需要一定程度的腹部运动参与。

没有强大的核心力量，便无法拥有足够的力量与速度和动作稳定性。虽然李小龙的有氧能力可能并不显山露水，但他的腹肌无疑是他努力的最好见证。李小龙每日都专注于腹肌的锻炼，无论是仰卧起坐、高抬腿、V形上举还是罗马椅练习，他都一丝不苟，甚至在观看电视时也不曾松懈。李小龙的腹肌已成为传奇，为众多健身者树立了极高的标准。

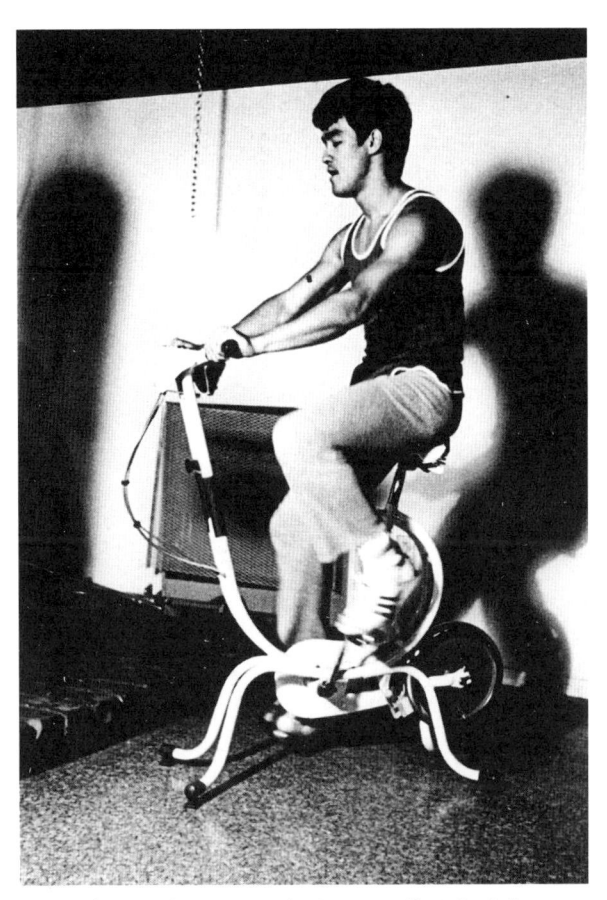

在《龙争虎斗》中，有一些很好的例子，可以说明李小龙惊人的柔韧性和核心力量，比如，他直伸双腿保持水平，通过绳索轻盈垂降，进入毒品工厂时的场景；还有当奥哈拉（由鲍勃·沃尔饰演）进入李小龙的房间时，李小龙抬腿前踢直腿控住并原地转动，最后变成侧踢控腿指向奥哈拉的场景。

李小龙骑固定自行车进行心血管耐力训练

科学的方法

李小龙在洛杉矶的那些年，与他在西雅图和奥克兰的那些年有所不同，洛杉矶时期的他，特别关注职业运动员如何进行身体训练，以及如何进行运动后的营养补充与恢复。当我将那些年看到的李小龙的体能训练方式，和当今健身私人教练的体能训练方式进行比较并回忆往昔时，我对李小龙当年像真正的现代职业运动员一样科学系统地训练自己感到无比惊叹！

那些年，李小龙像一位格斗运动科学家一样，对很多现代体育基础理论和体能训练专著，以及所有能搜集到的健身、健美杂志进行了广泛的阅读、学习和研究，然后以科学的方法，将自己的身体当作实验室，学以致用。

如今，在综合格斗交叉训练领域，主教练只需统领全局，各领域的教练皆可为其所用：体能教练、站立格斗教练、拳击教练、柔术教练、营养教练等。然而，李小龙当年是独自撑起整个训练团队，进行自主综合训练！

1968年的一天，我上午9点来到李小龙的家，准备陪他去执教詹姆斯·科本的私人课程。当我抵达时，李小龙正骑着固定式自行车，汗水浸透了他的衣衫。几分钟后，他停下来，告诉我他已经持续骑行了近一个小时。

那辆固定式自行车紧挨着厨房。他随手拿起毛巾擦拭汗水，走到厨房的水槽旁，那里摆放着一台搅拌机。他将一些蔬菜和水果放入搅拌机中，开始搅拌。与此同时，李小龙走到冰箱前，取出一个生鸡蛋，轻轻敲碎，随后一边看着我，一边将鸡蛋整个放入口中。他问我是否想尝尝，我摇了摇头，暗道，"有意思，这样尝试，恐怕我会呕吐"。

接着，李小龙将搅拌机里的果汁倒入杯中，一饮而尽。随后，他走到桌旁，琳达为他递上一个小塑料袋。李小龙打开袋子，里面装满了各种营养补剂，他告诉我这些都是他每日必服的。虽然我已记不清每种营养补剂的具体名称，但我清楚地记得其中包含了维生素A、维生素C、维生素E和氨基酸。

拳头上的老茧，李小龙无限制裸拳格斗功力训练的历史见证。图为1970年出席"美国跆拳道之父"李峻九举办的空手道大赛期间，吃自助餐的李小龙

强身健体

　　作为东西方武术与健身方法的集大成者,李小龙还采取了一些独特的辅助训练方法,来磨炼全身各个部位。如为强化拳头硬度。他每天都会反复击打重沙袋五百余次。有一天,为检验功力,他走到自家门前,仅一拳便击碎了一块硬砖。从那时起,李小龙认为"意志战胜物质"。随后,我观察到他不再过多进行重沙袋练习,而是将训练重点转向负重训练。

　　李小龙还利用咏春木人桩来锻炼前臂。他通过击打木人桩的木臂,来强化前臂桥手功力,这在实战中极为有用。当李小龙拦截对手的拳头时,他会用前臂的"刀锋"切击对手的手臂肌肉。尽管他的双手可能都戴着拳套,但前臂却裸露在外,如八斩刀般直切对手的攻击手臂。这让李小龙的防御反击动作充满了攻击性。

重沙袋训练。美国空手道重量级世界冠军鲍勃·沃尔认为:"李小龙既拥有职业轻量级选手的超级速度,又拥有职业重量级选手的超强重击能力"

木人桩训练。1968年前后,李小龙不再以木人桩作为主要辅助训练工具。图中木人桩是经过李小龙科学改良后的截拳道木人桩

力量训练

当我开始跟随李小龙一起训练时，他已非常热衷于负重训练。在20世纪60年代，即便是美式职业橄榄球员也普遍认为负重训练是有害的，甚至存在危险性。许多职业橄榄球队更是明令禁止这种训练。然而，李小龙却洞察先机，深知功能化的力量等体能训练，是通往终极格斗家的必经之路。通过负重与等长训练，李小龙不仅极大地增强了他的力量，更将速度推向了新的高度。

此外，李小龙还将自己的身体雕琢成了一尊完美的艺术品，成为运动史上既健康又健美的典范之一。他汲取了奥克兰门徒严镜海和健美冠军周裕明的负重训练精华，后者与美国健身健美传奇人物杰克·拉兰内齐名。

李小龙与他的奥克兰三大弟子。从左至右：周裕明、严镜海、李小龙、李鸿新

推举30千克

某夜，上课之前，李小龙让我与黄锦铭共同见证。他轻松拿起一个约30千克的杠铃，稳稳置于胸前，随后水平推出，直臂控住，保持了大约10秒才缓缓放下。他转身对我们说："来，试试看。"我先尝试，将杠铃举至胸前，但当我试图推出时，马上意识到，"哇，这不可能！"只好无奈地将杠铃放回到地板上。李小龙见状，嘴角勾起一抹微笑。接着是黄锦铭，他同样努力尝试，但结果与我一样，我们二人皆摇头表示难以置信，我们甚至连一秒钟都坚持不了。

李小龙说："让我换个别的试一试。"他在杠铃上又增加了重量，我问现在有多重，他回答："60千克。"随后，他竟单手将60千克的杠铃抓起来，举至空中。"怎么可能？"黄锦铭与我皆瞠目结舌，惊叹不已。要知道，李小龙当时的体重也不过60千克，他竟能单手举起与自己体重相当的重量。

李小龙日常随机展示杠铃负重训练方法和功力

握 力

　　李小龙一直努力提高的另一个重要方面是他的握力。早年，他拥有一台徒弟李鸿新为他特制的握力训练器，旨在增强握力和前臂力量。李小龙必须所有手指同时用力向上拉起横杆来提起重量。然而，这个握力器有一个缺点：使用时五指无法完全合拢，紧握成拳。随后几年，李小龙通过捏捏一些小物件来辅助锻炼握力，比如，可漂浮的泡沫海绵钥匙链。这种握力训练的重点，不在于重量，而在于能完全模拟握拳发力状态下的动作并重复练习，这是它与其他握力设备训练的不同之处。李小龙后来一直随身携带它，一有机会就练习。

　　李小龙之所以取得如此成就，与他紧贴实战需要而投入的训练时间、精力和创意密不可分。我至今仍记得，在他香港家里的客厅中，摆放着一台复合型多功能健身器，以及用于各种锻炼的琳琅满目的器械。他总能理论联系实际，每天都投入大量时间进行训练，始终在寻找自我突破的方法。如今，我们所见的现代体能训练设备，花样繁多，功能齐全，令人叹为观止，若李小龙仍在世，我坚信他将为我们带来更多震撼、启示与贡献。

李小龙曾采用多种辅助训练手段来发展自己的握力。比如，他曾用便携的泡沫海绵钥匙链来随时深度练习握力，以强大握拳成铁的重击力度

李小龙赠送给作者的很多辅助训练实用小工具，其中有两三种专门用来发展握力

李小龙在用李鸿新制作的握力器进行训练。这个训练器唯一不好的地方，就是五指无法完全合拢，握成拳头

李小龙进行系统性的静力等长训练，发展筋骨韧力

李小龙以自己的身体为实验室，采取科学的锻炼方法，锻造自我

为了无限制的自卫，你必须练好你身体的每一个部位，包括将你的手指也练成武器

前臂和腕力的单头哑铃训练

全身各部，格斗功能化精雕细琢，宁练筋长一寸，不练肉厚一分。现代格斗家系统性的体格和体能的中西融合交叉整合科学训练，始自李小龙

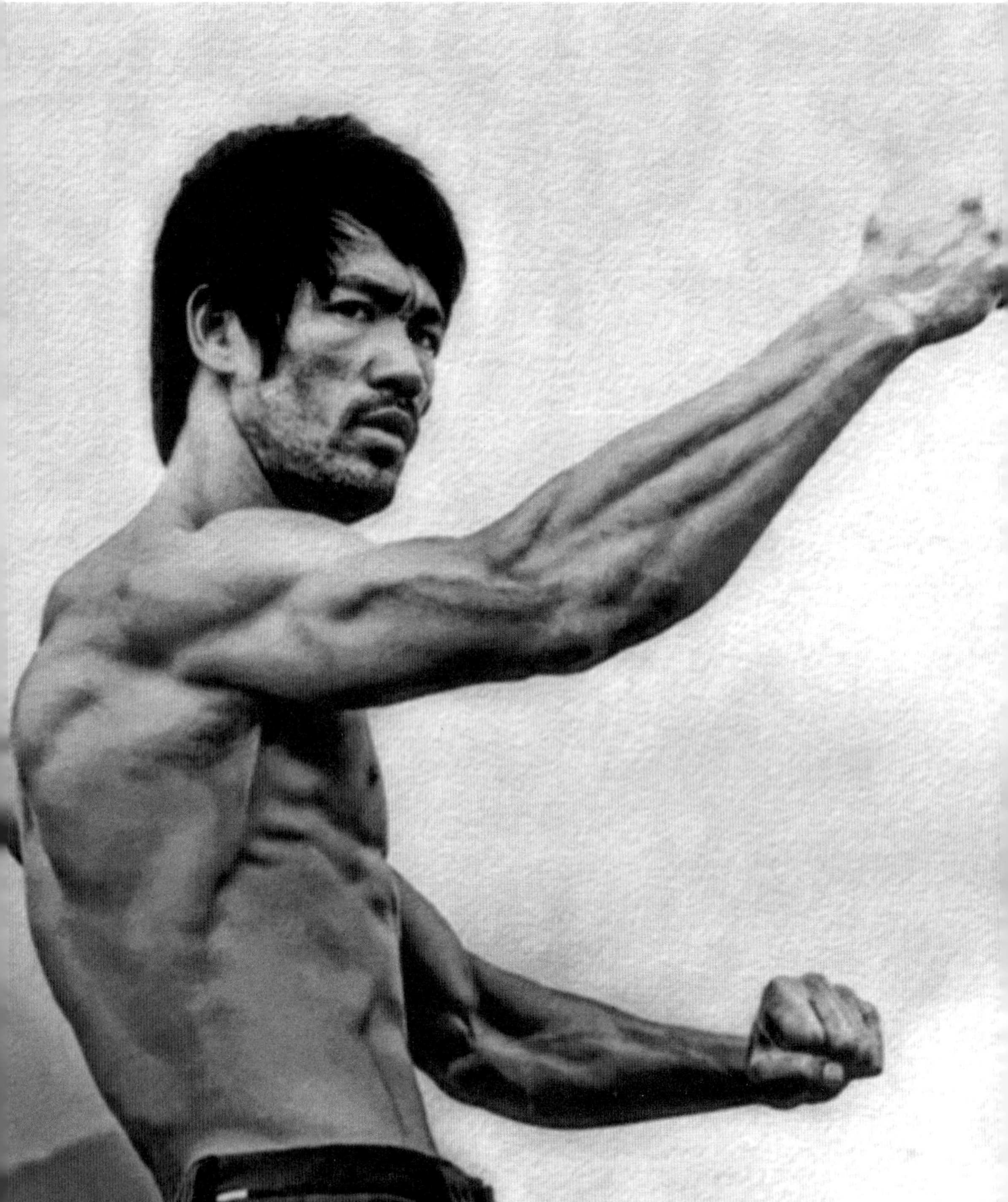

13

李小龙的背伤

李小龙是他自己的导师，倘若他的背部在训练中受伤，即便当今顶尖的专家亦不会感到讶异。除了他自己，李小龙没有任何训练辅助人员，他的内心驱动力可能有时会驱使他过度训练，而没有给予身体足够的恢复时间。李小龙，他将他自己推到了极致境界！

一天，我致电李小龙约课，但他告知我，原定周三的课程临时取消，具体恢复时间待定。我询问原因，他坦言，他在做俗称"早安"式的负重体前屈运动时，背部受了伤，而通常情况下，他会在充分热身之后才进行此项运动。

我告诉他我会和他保持联络，并愿尽我所能帮助他。因他的伤势较重，我们的课程被迫中断，那段时光，于我而言，倍感煎熬。我每周都会致电李小龙一两次，询问他的身体状况，因而得知他正经历着一段艰难时期。经济上的拮据，让他倍感压力，琳达也不得不外出工作以维持生计。在那时的中国传统文化观念中，男主外，女主内，丈夫是整个家庭的顶梁柱。无疑，这对李小龙是又一次沉重的精神打击。

由于课程取消，过了一段时间，我搬到拉斯维加斯去帮我的叔叔。他在拉斯维加斯大道开设了一家名为约翰·刘原创（John Lieu Original）的定制服装店，紧挨着金沙酒店和赌场。他因曾为众多顶级名人设计服装而声名远扬，歌手保罗·安卡、夫妻歌星

Walk On

李小龙背伤卧床修养期间，手书"WALK ON"以自我激励。如今，它已成为李小龙精神的文化象征之一

艾克与蒂娜·特纳、魔术师齐格弗里德和罗伊、歌手肯尼·罗杰斯，以及众多演艺厅的经理、老板和赌场高管，都曾是他的顾客。在叔叔的店里，我深刻体会到了面料选择的重要性。面料的手感、平整度以及质量，都是塑造高端服装优雅、奢华外观的关键。

  三个月后，我听闻李小龙从伤病中逐渐康复。当他重新振作，重返训练场，我也随之回到了洛杉矶。我向李小龙提及，我正在协助叔叔经营服装定制生意，并主动提出请我的叔叔为他量身定制一条裤子。我记得那条裤子采用深色面料，下摆微微呈现喇叭形状。李小龙对那条裤子赞不绝口，称其质量一流。

14

大师父

我不确定李小龙的其他弟子是否尊称他为师父，但在上过几次课后，我决意对他以"大师父"相称，那是对至高无上师者的尊称。初听或许觉得有些突兀，但李小龙深谙我心。他非一般师父所能比拟，他已超越了所有定义。

李小龙是凡尘中的天才，他的教学方式独树一帜。李小龙的耐心虽有限，但他希望你能迅速领悟他所传授的精髓。他会详细解释每一个动作背后的原理。遗憾的是，李小龙讲解完毕，我却无法像他几分钟前那样做出复述和解释。

1964年，李小龙代表中国武术家，与弟子木村武之在首届美国长堤国际空手道锦标赛上演武

我记得李小龙曾向我提问："何为汉堡包？"他娓娓道来汉堡包的制作过程：研磨牛肉，采摘生菜，切下几片西红柿，取一片洋葱，再将汉堡包略作烘焙。佐以蛋黄酱、番茄酱与芥末酱，一边烘烤牛肉，一边将西红柿、生菜和洋葱置于面包之上。待肉饼烤熟，置于面包之上。他对整个制作过程的描述详尽至极，然而数秒后，我便难以复述所有步骤。

李小龙还拥有一项非凡的天赋——精准评估。与你交谈数语或看你演示几个动作，他便能洞悉你的底蕴。他甚至比你自己更了解你。若他涉足政界，定能成就非凡，因为他回答问题时总能巧妙避免冒犯任何人。正因如此，李小龙总能吸引人心，让你感觉如沐春风，同时又不失尊严。

1967年，李小龙在第四届长堤国际空手道锦标赛上，首次展示截拳道先进的穿戴护具的全接触自由实战对抗训练模式。当时，全世界流行的还是半接触式或寸止式规则的搏击比赛，李小龙称之为"一碰就离开的搏击游戏"

与李小龙练习格斗

训练期间，李小龙曾言，当下的武术教学存在过多的"旱地游泳"的情况。很多教学都过于注重招式或套路，而忽视了充分地全接触格斗的对抗训练。要想真正学会游泳，必须投身水中，搏击风浪；同理，要想学会格斗，就必须不断运用所学技巧与对手进行真实对抗，在实战中学习实战。

李小龙深知，在实战中，弟子们能迅速了解哪些技术是有效的。因此，弟子们就会开始简化他的"武器库"，不再追求技术的累积，而是专注于如何在实战中正确地运用它们。一个人应该将必要的时间投入到那些简单而有效的技术训练中，以确保简单的技术正确执行和时机把握。换言之，重要的不是你学到了多少，而是你能吸收和运用多少。最实用、最上乘的技术，是那些能在实战中正确运用的简单技术。

李小龙与弟子黄锦铭进行截拳道全接触对抗训练。这就是李小龙强调的在高速高压的自由对抗中，通过实战学习实战。他认为只有通过大量穿戴护具的对抗训练，才能迅速提升中国武术家的实战水平就我个人经验而言，我注意到李小龙在与黄锦铭对战时，侧重于拳击；而在与我切磋时，则侧重于腿法。我想，李小龙这是为了分别测试与对手对抗的最佳技术或战术，同时也给弟子们树立了一定的信心。

质量而非数量

李小龙始终强调质量而非数量，这也是他关闭洛杉矶振藩国术馆的原因。他曾直言不讳地表示，他在发现每个弟子都是独一无二的之后，就明白自己无法批量生产高质量的弟子。他们各有需求，需要个性化的关注。我记得李小龙曾提及，不同的人擅长不同的技巧，每个人的体格和背景都是独一无二的。

然而，在李小龙心中，一个人的品格才是最为珍贵的。他不问出身、种族、贫富，只要品格高尚，便足以赢得他的尊重。李小龙认为，一个人的品格决定了他的真正价值，包括正直、自律和对于个人成长的执着。《青蜂侠》停播后，尽管他当时仍然经济拮据，李小龙还是拒绝了他人关于开设全美连锁武馆的提议，他不想为了商业化运作，而出卖他的武道艺术情怀。

李小龙，始终是一位坚守原则的人。

1972年，李小龙以截拳道创始人身份，入选黑带名人堂，名列首位

15

李小龙之智慧和惊人记忆

许多成功人士都建议每月至少读一本书,因为书籍能丰富我们的知识,拓宽我们的视野,增强我们的领悟力和同理心,以及对不同观点和文化的理解。它可以让人探索新的思想、不同的世界,并与他人建立联系。

李小龙拥有一个藏书约2500本的个人图书馆,大多与各种功夫和其他武术体系、拳击、击剑、东西方哲学,以及至关重要的运动训练方面的专著相关。他涉猎之广、读书之多、书单之长,让人叹为观止。我们知晓他阅读过这些书籍,是因为几乎每本书中都留下了他的读书注解和

思想者、记录者、实践者、永远的学习者李小龙。
凭借对功夫的深刻理解,他发现功夫本质上是一种人生哲学

思考心得。倘若我们设想李小龙在1959年至1973年的这14年间，阅读了整整2500本书，那么这相当于他每月都要读完15本书，或是每两天就要完成1本书的阅读。

李小龙之所以出类拔萃，离不开三大特质：第一，照相机一般的记忆力（过目不忘）；第二，洞悉人类身体结构（解剖学）；第三，强健的身体（营养学）。

李小龙拥有过目不忘的记忆力，能快速阅读及迅速吸收、牢记书中的知识，进而促进所学知识和技能的创造性地交叉融合与系统化理解；长期跨学科、跨领域博览群书，再结合大量的科学实践，让他不仅拥有学贯中西、超越时代的人类武学修养和洞见，同时又锻造出了他文武合一、知行合一的强大实力。

当和李小龙交流的武术家向他展示自己流派的特定武术动作时，他能迅速领悟、复现并加以改进，甚至比向他展示这个动作的人做得更好。例如，不管是丹·伊鲁山度的双节棍、李峻九或查克·罗礼士的踢技，还是周裕明的健身方法和技巧，李小龙都能迅速掌握，取精用弘。他几乎是一个自学成才的武术天才。

另外，李小龙的人体解剖学知识也给我留下了深刻的印象。他对人体的每一块骨头、每一块肌肉都了如指掌，对于人体要害的攻击效果、攻击手段，以及运动损伤的防护，亦是研究入微，他仿佛一眼就能洞察人体内部的奥秘。

Jiu-Jitsu
A TAOIST NOTEBOOK
THE WISDOM OF LAOTSE
ZEN FLESH, ZEN BONES
THE WAY OF ZEN
ALAN W. WATTS
THE BOOK OF TAO
AN INTRODUCTION TO
THE TIBETAN BOOK OF THE DEAD
MAX WEBER
TRANSLATIONS FROM THE CHINESE
LIN YUTANG, ed.
ZEN in the Art of ARCHERY
THE PHILOSOPHERS OF CHINA
psychotherapy east and west
WATTS
ZEN, TAOISM AND ORIENTAL PHILOSOPHY
The Way of Chinese Painting
STRUNK
THE TRUE BELIEVER
ERIC HOFFER
THE STATUS SEEKERS
Chinese Philosophy
and Compiled
BL

BODY AND MIND IN HARMONY
The Way of Karate
AIKIDO
TRAINING METHODS
BL

李小龙像一位格斗科学家一样，以一个"永远的学习者"的心态，精益求精、勇于探索，努力通过他所有的研究让一切变得更好、更有效率。李小龙将东西方文化、世界各地不同的武术，以及他从现实生活中学到的东西，进行了富有创造性的体系化建构并融会贯通。他深刻领悟了功夫的精髓，发现功夫不仅仅是一种格斗技能，更是一种人生哲学，蕴含了深刻的智慧和哲理。

　　这里，我们有必要重温一下皮埃尔·伯顿电视专访时的内容。李小龙曾这样自我总结："武术，对于我的生命而言，具有非常深刻和深远的意义，因为，不论是作为一位演员、一位武术家，还是一个人，我所学到的一切都由武术中来。"

16

截拳道之谜

说实话，我不明白这些年来关于截拳道为何会有如此多的争议。李小龙当年的阐释清晰明了，他的弟子们为何要将这门武艺搅得一团糟呢？李小龙即截拳道，无他，截拳道失其神髓焉。我们需要的是像李小龙这样敢于打破陈规、开辟新路径的先锋。

倘若李小龙今日尚在人间，他可能会像火山爆发一样对纷争现状感到愤怒。当然，若有他坐镇，今日的乱象或许不会上演。纵观世界各地，有一些人虽以截拳道之名传授武术，但他们所教授的驳杂内容，李小龙永远也不会那样去做、去教。事实上，他的教诲被这一些人弃之如敝屣。李小龙曾为他们指明前行的道路，引领他们走出传统的桎梏，打破特定的框框，可他们却又自觉或不自觉地回到了框框里，或陷入到"法执"中。

至于截拳道，唯一能提出主张的人，是那些从李小龙那里获得证书，能证明他们是"由李小龙亲自教授"的人。我只是李小龙最初的弟子之一，并不代表我能以原创自居。听来或许令人费解，但这也正是我内心深处的信念。我深感荣幸，能有机会亲耳聆听李小龙的教诲，与他一同走过那段光辉的历程。那是我生命中最绚丽、最珍贵的篇章。然而，我必须坦诚，我并非截拳道的专家。

截拳道不过是一个名称

归根结底，截拳道不过是一个名称。李小龙在洛杉矶创造此名时，便已阐明其意。但时至今日，人们仍难以摆脱这一称谓的束缚。截拳道之所以风靡至今，实则是人们利用了李小龙的盛名。正如俗语所言，"没有比娱乐业更好的生意了"。

李小龙的初衷，不仅仅是推广武术，更是将武术作为一种生活方式来进行普及。因为不同的武术流派常常使人产生隔阂。不同的武术家总是竞相攀比，声称自己技高一筹。因此，纷争与分歧层出不穷。在我看来，与其争论不休，不如在擂台上见分晓，谁胜谁负，一目了然。

1971年9月，美国《黑带》杂志发表了李小龙封面文章《从传统空手道中解放出来》。李小龙在文章中呼吁传武人从门派、规则和招式中解放出来，成为不受传统束缚，追求自我发现、自我表达的终极武术家。几十年后，这篇文章仍然具有强烈的革命性的武学现实指导意义。20世纪70年代初，现代全接触自由搏击能颠覆传统，成为世界搏击发展主流，李小龙的思想大解放贡献居功至伟后来，李小龙后悔对自己的武术命名。他担忧追随者会误以为他的武术是通往真理的唯一途径。他曾言："若人们说截拳道与'这个'或'那个'武术有所不同，那么就让截拳道这个名字随风而去吧，它不过是个名称罢了。"

（《截拳道之道》）

打破常规思维

李小龙曾对我解释说，理解截拳道最简单的方式是若一人涉猎学习多种武术流派，他便"打破了常规思维"，自然而然的就是在践行截拳道。传统上，学习少林武术，便只能囿于少林的框架，学习空手道亦然。但李小龙打破了传统桎梏，鼓励弟子们超越门派界限，以"无法"为有法，简单、直接、非传统。如今，我相信全球有越来越多的武术家，在某种程度上更接近截拳道的理念，因为他们的思想更为开放。然而，这并不意味着少林武术或空手道便是截拳道。相反，每个人都应秉持李小龙"至简若水"的武道哲学自由探索武术的无限可能。

遗憾的是，时至今日，仍有不少截拳道练习者借李小龙之名，行宣传之实。这如同一把双刃剑。首先，除李小龙家族之外，任何试图利用李小龙名字或形象的人，都应受到道德的谴责。更糟糕的是，有些人将那些与李小龙毫无关联的教义或哲学，冠以截拳道之名。还有些人自诩传授的是正宗的截拳道，但原本传承固然重要，若过于执着，是否会束缚弟子的个人成长？以原传为基，鼓励弟子们切合个人实际，自我发现，与时俱进，乃截拳道继承与发展的应有之义。

众所周知，李小龙和黄泽民的奥克兰之战，是他武术生涯的重要转折点。他深感咏春拳有所不足，而那场对决更是印证了这一点：咏春拳仅在近距离内具有优势。但这并不意味着咏春拳一无是处，只是它有其局限性而已。李小龙选择了突破这一局限。同样，他也发现了自己在耐力方面的短板，因此他增加了四倍强度的体能训练，这在传统武术中堪称独树一帜。这也是我真正想对当今的截拳道练习者和所有武术家强调的，务必重视体能训练。

我们必须不断吸收有用的，摒弃无用的。我试图向那些心怀热忱的人传递李小龙的智慧之光，他们也终将超越既有框架，寻觅到自己的前行之路。

李小龙坚信，每一天都是崭新的学习篇章，每一步都蕴含进步的潜能。倘若一个灵魂抗拒成长，何谈飞跃的可能？请铭记，李小龙的哲学之道，不仅适用于武术的修炼，更是人生征途的指南。我将其融入商海博弈，只需掌握些许核心理念，便可乘风破浪，事半功倍。

我们每个人都与众不同

截拳道，是李小龙在武术领域的独特进化、深刻表达与哲学思考。李小龙汲取东西方哲学的精髓，结合科学训练及武术技巧，为自己量身打造了截拳道。体能训练、生物力学和心理学，皆为其所依仗，截拳道就是他所创造的武学自我表达。除非有人能复刻李小龙的体型、动作、心态，以及他的执着与决断力，否则任何模仿者皆难得其精髓。

值得注意的是，李小龙的弟子们各具特色，如同伸出你的手掌，五根手指无一相同。他们都有不同的背景，各异的经历与观念。有人在追随李小龙之前已涉足柔道、空手道、拳击、太极等武术领域。他们学习的速度有快有慢，身材有高有矮，文化和家庭背景更是多元。因此，截拳道对每个人来说都是不同的。你来自哪里并不重要。最重要的是，李小龙期望每个人都能做最真实的自己——学习并吸收适合自己的东西，摒弃无用的东西。李小龙确实构建了一些基本概念，但这些概念，会随着不同弟子跟随他学习的阶段不同，而有所演变和发展。1964年与李小龙学习的会与1965年不同，1965年的又与1966年的不同，以此类推。这一理念，同样适用于日常生活与职业生涯，无论你是为他人工作还是自主创业，一旦你领悟了这一哲学，便可将其融入日常生活之中。

若水

"保持空灵之心，
无形无状，似水般流淌。
置于杯中，它便是杯的形状；
倒入瓶中，它便化作瓶的模样；
置于茶壶，它便与茶壶融为一体。
水可静可动，静若深渊，动若洪涛；
像水一样吧，我的朋友。"

（李小龙，皮埃尔·伯顿专访与《盲人追凶》经典台词）

李小龙强调一个人应成为"永远的学习者"，在实战中学习实战。他认为"最好的格斗者，是能够适应任何风格的人"。无论在生活中，还是格斗中，都要"像水一样"

RESEARCH YOUR OWN EXPERIENCE　　ABSORB WHAT IS USEFUL
REJECT WHAT IS USELESS　　ADD WHAT IS ESSENTIALLY YOUR OWN

探究你自己的经验
吸收有用的
摒弃无用的
加上你自己特有的

截拳道第二性原理·自我成长四步骤

这便是李小龙所说的"若水"。如何理解其中深意？我们都知道这意味着适应能力，对此我们耳熟能详，然而要真正理解其内涵，却绝非一蹴而就。人生如戏，每时每刻都在上演新的篇章，几个月、一年后，你的理解或许又有所不同。随着生命的演进，知识与智慧亦在不断累积。因此，一个人的适应能力亦会随之变化。

"若水"般的哲学将改变你的思维方式。简而言之，"若水"看似

截拳道没有任何传统套路或固定招式，它建立在简单、直接、非传统的"以最小消耗取得最大效果"的科学格斗原理和原则之上。图为20世纪70年代，李小龙在多米尼加共和国以前手标指和前脚侧踢，讲演截拳道两点之间直线最短的"长兵近取"科学格斗原理

简单，但随着岁月的沉淀与生活的历练，你将更深刻地理解自己，更真实地表达自己。

截拳道如同音乐般美妙。音符虽仅12个，但人们却运用这有限的音符，创作出千变万化的乐曲与歌曲。在掌握了所有不同的音符、风格和技巧之后，李小龙能坚持用那些最基本的音符，回归至原始的简单和自由。他让功夫成为一种纯粹与简朴的"生活方式"。

进 化

时至今日，我深感忧虑。李小龙曾为我们指引方向，带领我们打破常规，但现在许多截拳道者似乎又回到了传统的框框里。他们或许在技艺上有所精进，却忽略了更为关键的部分——体能训练。师傅们过分强调技巧，以至于技巧繁多，令人眼花缭乱。然而，截拳道的精髓在于化繁为简，以简驭繁。我认为，某些师傅们传统的截拳道在当下并未进步，反而有所倒退。愿我们铭记李小龙的哲学，不断追寻武学之道，永不止步的成长和进化。我们须"以无法为有法，以无限为有限"，让所有的技巧都回归其简单的本质，不受形式的束缚。最重要的是，加强日常体能训练。

最后，请记住，截拳道不过是一个名称罢了。

以无法为有法，以无限为有限

截拳道：并非一种新武术

　　李小龙曾明确指出，他并未创造出一种新的武术，因为那只会造成另一种片面的整体，限制人们的自由与创造力。他曾言："我从来没有想过给我发现的这门中国功夫取一个名字，但为了方便起见，我仍然称它为截拳道。我强调的是截拳道与其他功夫之间的无界性，反对形式主义与门派之分。"

（《李小龙：武术家的升华》）

17

武学人生观

"武术，对于我的生命而言，具有非常深刻和深远的意义，
因为，不论作为一位演员、一位武术家，还是一个人，
我所学到的一切都由武术中来。"

——李小龙，皮埃尔·伯顿专访

要真正理解截拳道，我们不得不从中国功夫的本质讲起。它首先赋予我们健康和强壮的体魄，其次赋予我们自卫的能力。一旦明了这两点，李小龙的卓越成就便不难理解。他向世人展示了功夫作为体育锻炼的重要性，以及功夫背后所蕴含的深邃美学。功夫，归根结底是一种生活的艺术。当人们开始探寻中国功夫的哲学内涵时，他们对这门古老的艺术，将会有一个全新的认识。

时光荏苒，李小龙离世已50余载，但他依然是人们心中的传奇，尤其是在社交媒体上，他的影响力依旧不减。今天，他依然在全球各地受到广泛的尊崇，这份影响力或将持续数个世纪。这不仅仅是因为他的武术技艺，更是因为他那深邃的哲学、迷人的魅力以及超凡的智慧。

李小龙的人生目标是将功夫的真谛展现给全世界，希望普天之下的人类，不仅在武术上，更在人性上，团结一心。他，是一位真正的人文主义者。

某次课后，李小龙与我促膝长谈。他告诉我："终极武术家，无须格斗来证明自己的实力。"随后，他引用了中国的一句古话："宝剑藏鞘，不露锋芒。"意在表达一位一流的武术家在对自己的格斗能力充满

李小龙和所有严肃的中国传统武术家一样，极为重视个人的道德和品质修养

自信的同时，还能始终保持谦逊。

如我之前所言，李小龙极为重视个人的道德和正直。对我而言，截拳道不仅仅是一种武术，更是一种生活方式，它强调的是人的品格与正直。这或许可以称之为"武德"。武德，以社会正义和公平为基石，是人类最古老的道德观念之一。武术，贵在一诺千金的武德传承。

这一夜，我与李小龙畅谈人生。他问我："你可知如何提升自我？"我摇了摇头，他说："每个人都有自己的长处和短处，你所要做的，就是吸取别人的长处，忘却其短处，这便是你提升自我的途径。"

李小龙的人生哲学课

我从李小龙那里汲取的武术教义与哲学，已深深融入我的日常生活与事业之中。我渴望将这些教诲及其意义分享给更多的人。因为李小龙为我们搭建了一座连接中国传统文化与西方思维方式的桥梁。

他曾在课后与我分享了许多深刻的哲学思考。他的话，总是简单直接，微言大义，蕴含着无尽的智慧。时至今日，我仍时常回味其中的深意。

犯错或撒谎——须尽快弥补。他教导我，永远不要撒谎，但如果撒了谎，必须尽快弥补。中国有句古话："纸包不住火。"撒谎如同有洞的锅。如果犯了错，应勇于承认，接受后果，然后继续前进。人无完人，但我们可以追求成为更好的自己。

三个臭皮匠胜过一个诸葛亮——这是李小龙经常提及的中国俗语。这句话对我的个人生活和事业也产生了深远的影响。心存疑问时，不要害怕，多与他人请教与商量。在互联网导航地图出现之前，有些人羞于在加油站停下来问路。不要因为你不知道路在何方而感到尴尬。殊不知，三个臭皮匠胜过一个诸葛亮。

脏话——我从未听李小龙说过脏话，也从未听他说过任何人的坏话。他深知，恶语伤人六月寒，不要浪费时间和精力在无意义的争执上。

金钱——当我问及金钱是否能带来快乐时，李小龙回答说："我宁愿有钱而痛苦，也不愿没钱而难受。"

宗教——我曾向李小龙请教关于上帝的问题。他转过头来对我说："自助者天助之，谁是上帝？！"

感恩之心——李小龙总是将功劳归于那些帮助过他的人。他感谢丹·伊鲁山度向他介绍了双节棍；感谢李峻九和查克·罗礼士向他展示了一些腿法；感谢罗伯特·克劳斯在《龙争虎斗》中建议他使用镜屋作为终极一战的打斗背景。当我们通电话时，他曾向我提及过最终打斗场景中镜屋的故事。

快乐——李小龙常说："人生最重要的事情就是快乐。"他认为，如果能找到自己热爱的职业并全身心投入其中，最终一定会得到回报。每次与他相见，我都感到无比快乐。他总是能逗我笑，让我忘记烦恼。那么如何知道自己是否快乐呢？李小龙的回答是："当你让别人快乐时。"

继续前进——假如你遇到了问题，如果有解决方案，你为什么要担心？如果没有解决方案，你又何必要担心？

李小龙的两个人生目标

李小龙的人生只有两个目标，一是，"向世界展示真正的中国功夫"（职业目标）；二是，"照顾好我的家人"（个人目标）。

1994年，彼得与少林寺方丈合影

对于他来说家庭是最重要的存在（妻子琳达·埃莫瑞、儿子李国豪和女儿李香凝）。按照中国传统文化，作为丈夫的责任就是要照顾好妻子和孩子，为他们提供最好的生活条件。

李小龙对华人的贡献

1994年，我幸得机缘，在北京与少林寺方丈见面。问及他对李小龙的看法时，方丈说："彼得，我已在央视的采访中两次提及，李小龙，他让那时刚刚觉醒的东方巨龙再次光耀世界，让中国重回世界版图。"身为炎黄子孙，听到方丈的话，我深感荣幸与欣慰。自长堤国际空手道锦标赛开始，我便坚信李小龙必将书写不朽的传奇。

"苍穹之下，人类一家，大家只是碰巧有所不同而已。"

（李小龙，皮埃尔·伯顿专访）

李小龙的一生，经历过各种歧视。儿时，香港沦陷于二战的硝烟之中，在日本帝国主义的铁蹄践踏之下，华人备受欺凌。战后，华人的境遇并未改善。在这样的背景下，李小龙的欧亚混血血统成了他身上的原罪。甚至一些咏春拳的资深弟子逼迫叶问，要将李小龙赶出武馆，拒绝传授给他武艺，只因李小龙习武天资太高，短时间内崭露头角，让那些师兄们产生嫉妒，便以李小龙并非纯正中国人为借口打压他。然而，命运为李小龙打开了另外一扇窗，他转而跟从师兄"讲手王"黄淳梁训练。黄氏追求实战、实用的咏春理念，从此指引着李小龙在武术道路上一直坚持走"现实路"。当李小龙终于有机会闯入好莱坞时，机遇并未如他所愿般降临，各种有形无形的种族歧视和偏见如影随形。为了证明自己，他不得不重返香港，用凌厉的中国功夫书写荣耀，最终才吸引到美国好莱坞的垂青。

但李小龙的志向远不止于此，他渴望通过武术之美，将人们紧密地团结在一起。武术具有普世性和哲学内涵，李小龙将其作为纽带连接不同的人群，不分国度，不论种族。

当然，我们需正视"苍穹之下，人类一家"哲理背后的阴阳两面。虽然我们同为人类，但我们各自独特，不仅体现在体态的千差万别，更在于我们迥异的成长背景、文化、国别和思想观念。同时，尽管存在这些差异，但是我们同为人类，这就给我们带来了构筑团结的希望。单一的视角无法窥见全景，唯有融合与共生，方能领略李小龙的和平、合作、和谐的人类命运共同体之理念。李小龙的目标，是透过我们共同的人性，让世界每一个角落的人都能真正地团结起来。

自　助

首先，我要解读中文"学习"二字的含义。"学"乃汲取知识，"习"则是多加练习。正如学子每日求学于课堂，但若无课后的温故知新，所学岂能内化于心？同理，如果你参加了武术课，却不练习师傅教你的东西，你又怎么可能取得成就呢？一个人必须通过实践才能真正学习。你投入的就是你将得到的。

其次，是关于自助。要特别注重课后的自主练习，课后你所付出的更为重要。师父领进门，修行在个人。李小龙为我们指明前进的方向，我们必须付诸实践。只要充分发挥自主、自助精神，每位弟子必定都能有所成就。

李小龙便是自助精神的典范。为了今日的辉煌成就，他付出了无数的汗水与努力。无论是体能训练还是心智训练，他都倾注了全部的热情与专注。这种精神不仅体现在他的武术上，更贯穿于他的电影制作之中。在《猛龙过江》中，他不仅亲自出演，还身兼导演、制片人、编剧及武术指导数职，开创了先河。

从更广阔的视角来看，生活本身就是最好的老师。每个人都在不断地学习、成长。当我们对自己的生活负责时，便能够自立自强，自给自足，然后便有真正的自我认知、自我发现。说到底，这一切都离不开李小龙所倡导的自助精神——付出就有回报。

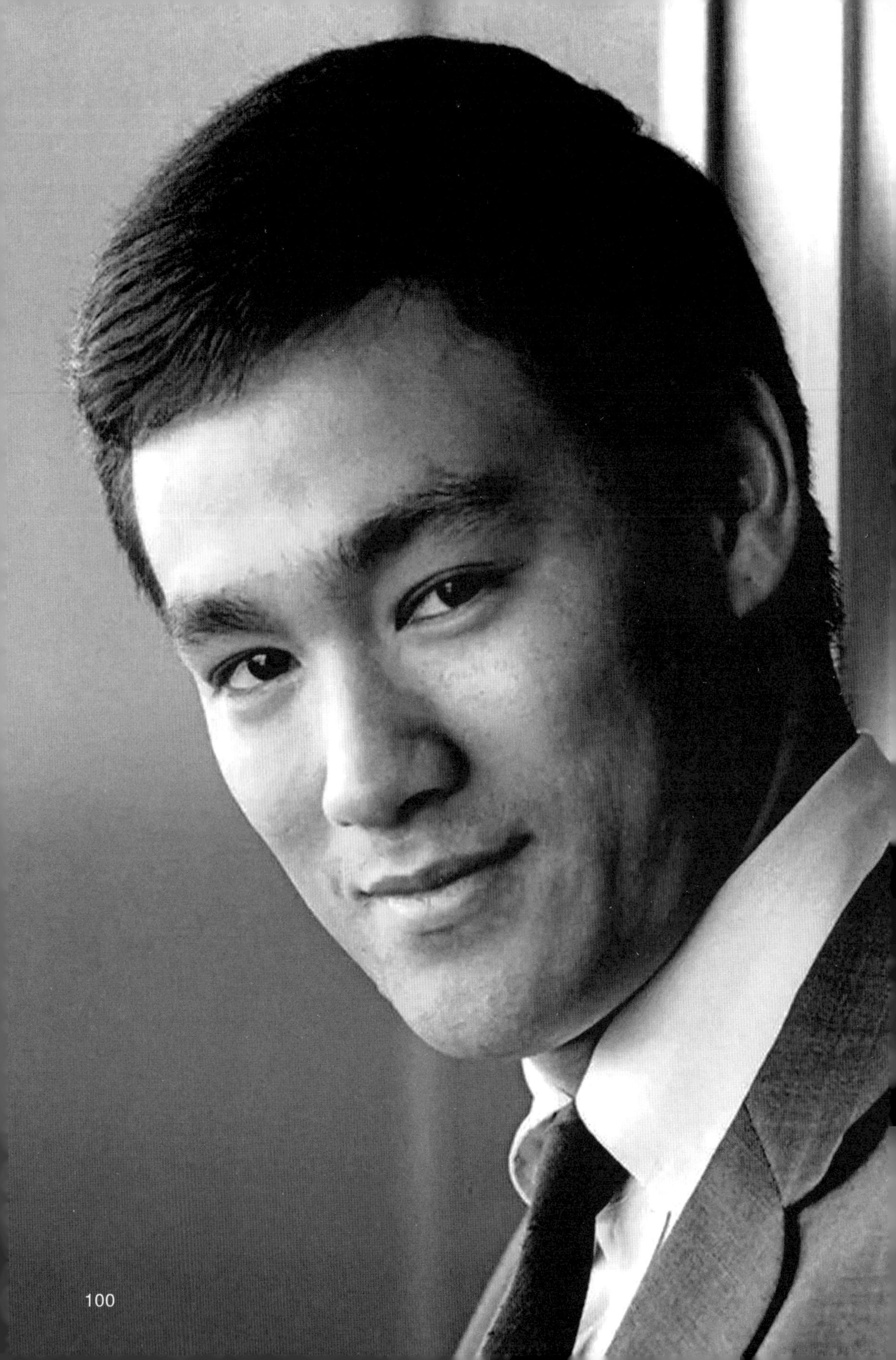

18

与李小龙闯荡好莱坞

那些年，在洛杉矶与李小龙共度的时光，非常有趣且如同诗篇般令人陶醉。我记得空手道冠军查克·罗礼士、乔·刘易斯和迈克·斯通都来李小龙家上过私教课。在一次周三的课上，李小龙正在向查克展示如何做黐手，而我在他解释其原理时，与他一起练习。这些世界冠军们对李小龙和他的截拳道非常感兴趣。

李小龙让我的演员工会会员卡派上了用场，让我在《风流特务勇破迷魂阵》中扮演了一个临时角色，与迪恩·马丁、关南施和莎朗·塔特等明星共同出演。李小龙是这部电影的武术指导，而迈克·斯通则成为迪恩·马丁的替身演员，查克·罗礼士和我都成了他的打手。

《黑带》杂志的创办人水户上原时常造访我们的训练场。他曾在藤平光一门下学习合气道。除了在杂志上大力宣传李小龙外，他还亲自传授李小龙一些合气道的精妙技巧。李小龙常常运用这些技巧与我切磋。

事实上，正是水户上原为李小龙引见了美国著名的职业篮球运动员卡里姆·阿布杜尔·贾巴尔。那次，我与李小龙在唐人街共进午餐，偶遇了贾巴尔。他点了一盘虾仁炒饭，驾驶着一辆雪佛兰迈锐宝，特别之处在于那辆车没有后座，驾驶座更是往后推到了极致。贾巴尔的身高令人咋舌，我和李小龙站在他身边，只及他的腰部。然而，他为人温和，言谈举止间透露着宁静与谦逊。

李小龙对发型的执着亦是一段佳话。杰伊·塞布林是以"短发造型"闻名于好莱坞的著名发型师，曾为众多好莱坞明星打造过经典发型。正是他向《青蜂侠》的制片人推荐了李小龙，使他得以出演加藤一

1973年，李小龙与NBA"天勾"贾巴尔师徒合影

李小龙的发型师"小杰伊"托雷纽瓦与作者

角。然而,塞布林在莎朗·塔特谋杀案中不幸被查尔斯·曼森家族杀害,令人痛惜。幸运的是,他的得意门徒、备受尊敬的发型师"小杰伊"托雷纽瓦接过了这一重任,继续为李小龙设计发型,让他的形象更加深入人心。

  1968年,我与李小龙一同在史蒂夫·麦昆的家中初次见到史蒂夫。李小龙前往史蒂夫家中授课,我为李小龙拎包。史蒂夫的住所位于山顶。山脚下的一扇大门上装有通话器,李小龙轻轻按下按钮,报出自己的名字,大门便缓缓开启。我们沿着蜿蜒的山路驶向山顶,最终走进了那座石材制成的房子。史蒂夫正在厨房里,他提到了计划在新西兰购买一个牧场。然而,由于日程安排有变,史蒂夫无法与我们一同上课,我们只得在短暂的拜访后离开。

李小龙邀请史蒂夫·麦昆共同出席李俊九在华盛顿
举办的空手道赛事,无偿为武林好友助阵

另有一次，史蒂夫带领我们参观了珍·哈露的故居。那座房子里有一个很先进的窗帘，能够自动开启与关闭，给我留下了深刻的印象。李小龙生日那天，我与黄锦铭、赫伯一同前往他在贝莱尔的家中。琳达喊道："小龙，史蒂夫来电话了。"李小龙接了电话后，告诉我们史蒂夫此刻在棕榈泉，即将赶来参加课程。他刚购买了一辆新车，预计1小时后抵达。黄锦铭和我相视而笑，心中充满了对即将到来的惊喜的期待。棕榈泉距离这里有一百多英里，史蒂夫真的能在1小时内赶到吗？大约1小时后，史蒂夫如约而至。他兴奋地向我们展示他的新车——一辆保时捷，车身颜色是当时保时捷最新、最热门的赛车色。我相信，正是这辆车让李小龙也动了购买保时捷的念头。

课程结束后，黄锦铭和赫伯离开了。我如往常一样逗留。史蒂夫提议："我们去糖果店吧，杰伊·塞布林已经在那里了。"糖果店位于比弗利山庄，是一家会员制的名人迪斯科舞厅。当我们抵达时，外面已经排起了长长的队伍。因为保安认识史蒂夫，我们顺利地走了进去。那晚，史蒂夫与许多人打招呼，而李小龙则显得有些不自在。他不喜欢这种好莱坞式的社交场合，尤其是在公共场合，他从不喝酒也不抽烟。李小龙从不喜欢夜生活，更不喜欢与不认识的一大群人打交道。那是我最后一次见到史蒂夫，直到西雅图的葬礼上再次相遇。

在李小龙为名人提供私人截拳道指导的时光里，若对方无法来李小龙家，他便会亲自上门，且常带一位助手同往。而我，便是那些幸运地随他一同前往的助手之一。我相信黄锦铭也曾是这一行列中的一员。在这些私教课程中，李小龙需要有人持气盾或手靶，以便他观察弟子们训练中的拳脚表现。同样，弟子们也能亲眼目睹李小龙的出拳与踢腿，而我则手持训练靶具，尽力模仿他的每一个引靶动作。

某日，我与李小龙一同踏入了詹姆斯·科本位于比弗利山庄的府邸。府内装饰是充满了异域风情的摩洛哥风格，墙上悬挂着五彩斑斓的地毯，仿佛我们置身于神秘的宫殿之中，空气中弥漫着淡淡的熏香。詹姆斯向李小龙展示了他新购的古董后，我们移步至后院，李小龙亲自指导詹姆斯如何施展侧踢，而我则在一旁手持踢盾，为他们的练习提供辅助。

詹姆斯·科本与李小龙在印度考察，为剧本《无声笛》选取外景地

詹姆斯·科本在好莱坞影视剧中展现身手

课程结束后,李小龙突然问及我是否闻到了詹姆斯身上古龙香水的味道。我回答说确实闻到了,那是一种清新而迷人的檀香木气息。李小龙告诉我,这种古龙香水深受许多名人喜爱。他第一次闻到这种味道,是在莎朗·塔特身上。随后,他询问我是否也想尝试一下,我欣然应允。原来,他所说的这种古龙水便是广藿香油。

　　随后,李小龙与我漫步至梅尔罗斯的一家店铺,詹姆斯曾提及此处有他向我们展示的摩洛哥长袍出售。这些长袍正是李小龙与琳达在一些照片中展现异域风采的服饰。我也为自己选购了一件,仿佛融入了这片充满异国情调的世界。店中恰好还有詹姆斯所用的广藿香油,我毫不犹豫地购买了一瓶。时至今日,我仍对这种香气情有独钟。

　　1968年末,我与李小龙再次一同前往斯特林·西利芬特的家中拜访。斯特林当时正忙于《盲人追凶》剧本的创作,他虽不愿离家,但渴望通过锻炼来释放灵感。我们步入斯特林的家门,直接来到了车库。李小龙先是指导斯特林进行对抗训练,然后让他在我拿着的踢盾上做了一些侧踢练习。

李小龙与好莱坞金像奖编剧、名人弟子斯特林·西利芬特共同商讨《无音笛》剧本。李小龙曾对此剧寄予厚望,因为在这部量身打造的电影剧本中,李小龙将与詹姆斯·科本担任联合主演,可惜最终事与愿违

1969年，李小龙客串出演电影《马洛》剧照

图为李小龙饰演的"西装暴徒"徒手将主角的办公室瞬间破坏，一片狼藉。
该剧主角詹姆斯·加纳也是李小龙的好莱坞名人弟子

坦白说，这套布里奥尼西装的魅力对李小龙来说简直超越了戏中角色对他的吸引力

购买自洛杉矶梅尔罗斯大道
一家商店的长袍

很快，斯特林便练得大汗淋漓，衣衫尽湿。经过1个小时的高强度练习，李小龙与斯特林走进了书房，而我则在客厅里静静等待。待李小龙从书房中走出，我们便一同离开斯特林的家。在路上，李小龙告诉我，斯特林正在为他创作一部剧本，邀请他出演《盲人追凶》电视剧，并在电影《马洛》中为他量身打造了一个角色。

果然，斯特林在《马洛》中为李小龙量身定制了一个角色，虽非主角却令人印象深刻。我记得李小龙在家中排练台词时，特意在桌上摆放了5张百元大钞。最初的剧本设定李小龙饰演的角色，被电影明星詹姆斯·加纳饰演的主角所杀，但李小龙从未允许任何人在电影中将他置于死地，因为他不能让观众们将这误认为是现实。斯特林重写了剧本，经过他的精心修改，最终李小龙在剧中饰演的角色，因为飞踢踢空，壮烈地飞出了屋顶……得知这一剧情后，李小龙兴奋地从日落大道上的布里奥尼服装店选购了一套新西装。说实话，他对这套西装的喜爱甚至超过了对角色的期待。李小龙对穿着的讲究也可见一斑，他最欣赏的是质量与格调。

19

李小龙之魅力

李小龙身上有一种难以言喻的特质。他的魅力如同磁石般强烈,个性中透露着一种独特的吸引力。如果他走进一个有很多人的房间,只需交谈几分钟,人们就会自然而然地被他吸引。他仿佛是天生的焦点,能轻易地点燃聚会的欢乐氛围。每当他置身于众人之中,他会是唯一说话的那个人,你能看出每个人都很享受与他谈话或有他陪伴。他的言谈举止,能让每个人都能感受到他那份真挚与专注,以及对于话题的掌控力。

正是这份魅力、真诚与真挚、力量与人格的吸引力,让李小龙在银幕上一次次吸引着观众的目光。他的活力与真实,透过银幕传递给每一个观众。李小龙不仅是一个武打演员,更是一个拥有罕见个性和人格魅力、能忠实地表达自我的人。即使时光流转,他依旧受到全世界的敬仰。我深信,他将被永远铭记,因为人们永远不会忘记他所带来的那份震撼与感动。

共度快乐时光

与李小龙共度的充满乐趣的时光,是我心中最珍贵的回忆。他偶尔会向我们展示他最喜欢的几个擒摔技巧,如来自合气道的锁腕和扫腿,这些技巧在长堤国际空手道锦标赛上曾让他大放异彩。当我调皮地取笑他时,他甚至会用这些技巧来"惩罚"我。有一次我想逗逗他,我问他:"你是最好的,但是你能这样做吗?"我蹲下身,脚跟触地。这个动作，李小龙无法做到。于是他示意我站在他面前，然后他扭转我的手腕，同时扫我的腿，笑问："你觉得如何？"他知道我只是在与他开玩笑。每每课后，在李小龙的办公室里，我常常被他那层出不穷的笑话逗得捧腹大笑，他是一个善于发掘笑料，然后说出笑点的大师。

李小龙讲笑话

"许多男人吸烟，许多男人喝酒，但傅满洲不。"

"我有一副富有的嗓音。它很阔绰。"

我们的快乐时光

招募保镖的天皇

日本天皇为招募贴身保镖而举办了一场盛大的比赛。经过层层选拔，最终三名武士脱颖而出，他们将在天皇面前一展身手。

第一位武士走上来，全身披挂，严阵以待。

天皇的侍卫打开一个小盒子，一只苍蝇轻盈地飞了出来。武士迅速拔剑，在空中划过一道优雅的弧线。

1971年10月22日，李小龙在香港无线电视《欢乐今宵》节目中接受刘家杰访问，并表演截拳道。图为李小龙正绘声绘色地讲天皇招保镖的故事

只见苍蝇被一分为二，观众们纷纷赞叹不已，掌声雷动。

天皇示意众人安静。第二名武士紧接着走上前去，另一位侍卫再次打开小盒子，又一只苍蝇飞了出来。武士拔剑出鞘，连续两次挥剑。

苍蝇被切成了四块，这一次，观众们的欢呼声更加热烈。

几分钟后，天皇再次示意众人安静。第三名武士迈着沉稳的步伐走到中央。最后一名侍卫打开小盒子，释放出最后一只苍蝇。第三位武士迅速拔剑出鞘，在空中划出一道凌厉的剑痕。然而令人惊讶的是，苍蝇仍然在空中自由自在地飞舞！观众们瞠目结舌，疑惑不解。这时，天皇宣布："第二位武士获胜。"第三位武士急忙说道："请等等！"他迅速伸出手，竟然抓住了那只苍蝇，展示给天皇看，说："这只苍蝇已被我实施了割礼！"

20

在好莱坞打拼的日子

当我还在香港时,一部名为《娱乐至上》的好莱坞电影与同名歌曲,让我记忆深刻。那句歌词,如同明灯,照亮了我投身演艺事业的决心。然而,这个表面光鲜亮丽的行业,却也是最为复杂和肮脏的行业。

《青蜂侠》的遗憾落幕,让李小龙在好莱坞的求职之路充满坎坷。一方面,适合亚洲演员的角色寥若晨星;另一方面,那些所谓的角色,多是丑化亚洲人的刻板漫画形象,扎着小辫,举止卑微,逆来顺受的眯眯眼。面对这些带有侮辱性的角色,李小龙总是断然拒绝。为了坚守这份中国人的尊严,给他和他的家人带来了沉重的经济负担,尤其是在他背部受伤连截拳道私人课程都无法教授的时候。

李小龙对电影的热爱,如同他对武术的执着。他曾说:"若我不喜欢你,千金难换我一课。"同样,若他觉得剧本不佳,即便是金山银山,也动摇不了他的决心。他追求的,不是金钱的堆砌,而是那份对艺术的热爱与尊重。他曾告诫我:"你必须享受你正在做的事情,只要你能做到最好,金钱自然会随之而来。"李小龙的确是一个坚守原则,永不妥协的人。

他钟爱的那张海报上,沙漠中的秃鹰振翅高呼:"耐心?见鬼去吧!我要大开杀戒!"这正是李小龙在好莱坞等待机会时内心的真实写照。李小龙曾与荣获奥斯卡金像奖的编剧斯特林·西利芬特和硬汉巨星詹姆斯·柯本合作构思《战士》与《无音笛》等影片。李小龙其实早就准备好了,但好莱坞因各种偏见始终未对他敞开怀抱。

有一天，我和李小龙讨论，为何影院宣传海报上从来没有亚洲人的名字，为何影视剧中即使是东方人的角色，也总是被白种人占据。李小龙说，他从一位好莱坞内部人士的口中，了解到这样一个残酷的事实："没有哪个美国女人会在睡觉时梦见亚洲情人。"

然而，李小龙从未讨论过那些被歧视的问题，更不会沉溺于自怨自艾，他始终雄心万丈。他深知这既是好莱坞演艺圈的残酷现实，但同时更是他越挫越勇的前进动力。他与我，在异国他乡都是外国人，身处这极度商业化的演艺行业中，我们都明白，那些利益至上的所谓商业化决定。是的，好莱坞确实没有多少华人角色。即使这些很少的华人角色，也多由白人来扮演，这就是现实。

1971年9月3日，完成《唐山大兄》拍摄由泰国返港的李小龙，应中国香港无线电视《欢乐今宵》节目之邀，接受谭炳文访问

标志性的侧踢击破5块毫无支撑的木板

单手悬空抓握，
木板另一端毫无支撑

在当时的好莱坞高管和制片人的眼中，李小龙还没有市场吸引力，或者没有所谓的票房号召力。正如李小龙在皮埃尔·伯顿的采访中所言："从商业角度来看，这确实存在风险。我不怪他们。如果我是投资人，我可能也会有自己的担忧，会思考拍出来的电影能否被市场接受。"

无论是面对种族歧视还是偏见，李小龙的雄心壮志，从未因受到任何阻碍而退缩。他坚信，成功需要自己去争取。他曾告诉我："若穆罕默德不来找你，你便去找穆罕默德。"1968年底，在香港的两天行程中，我的朋友，曾被李小龙用气盾踢飞的维克多·林为我引荐了导演张彻。当时，张彻与罗维在香港武侠片领域齐名，他在邵氏兄弟影业公司担任导演，向李小龙开出了每部电影5000美元的价码。然而，当我把这个消息带回洛杉矶时，李小龙却以价格过低为由婉拒了。

李小龙在香港电视节目中精湛的截拳道演武，让他在香港声名鹊起。他以寸劲拳轻松击破木板，侧踢更是让数块悬抓的木板应声而碎。导演罗维的儿子看到了他的表演，并力荐给制片人邹文怀（邹文怀曾是邵氏兄弟影业公司的制片人，后来决心自立门户）。他找到了李小龙，并与之签订了两部电影合同。

集编剧、制片、导演、主
演、武指于一身的李小龙

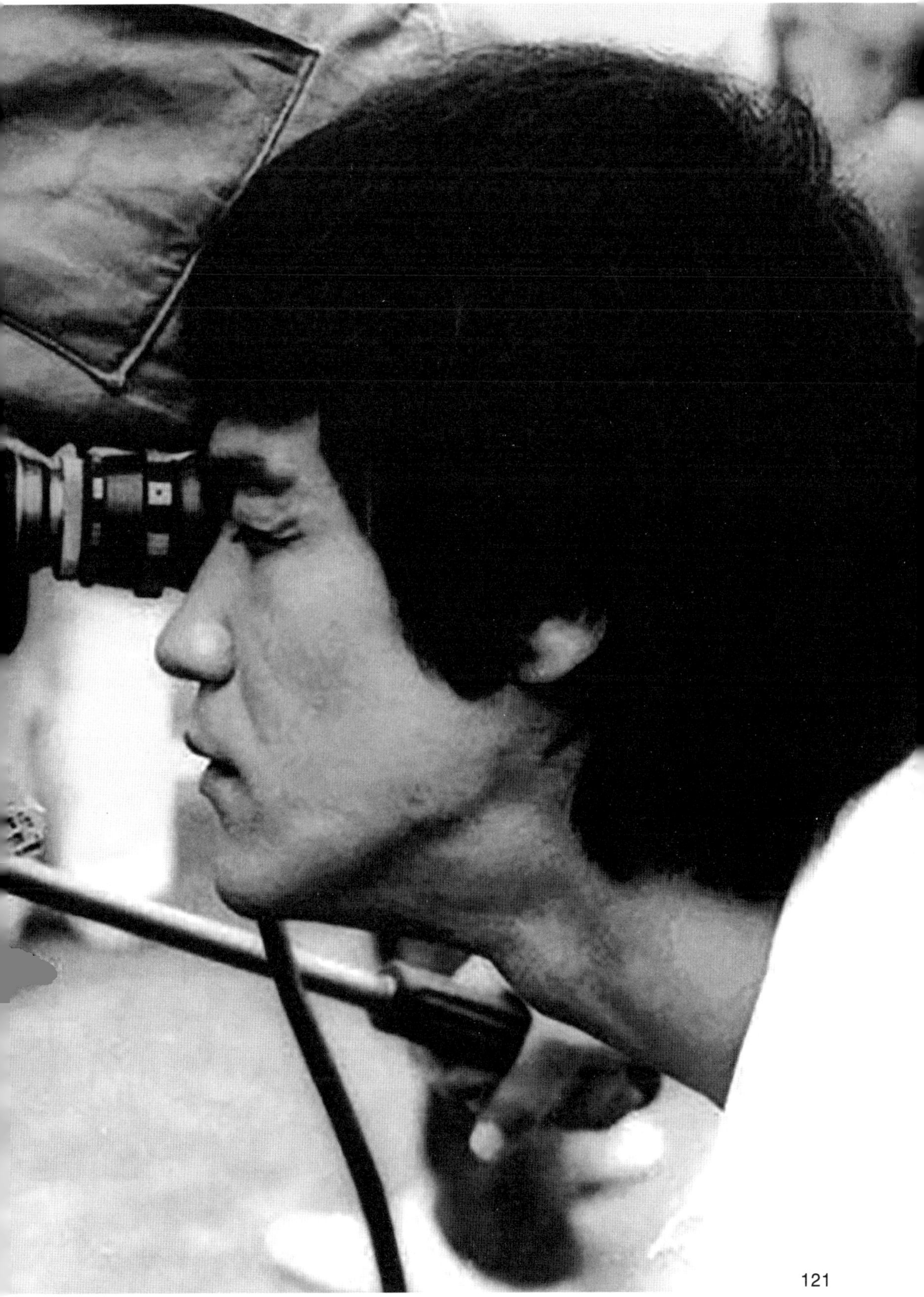

21

香港的成功与孤寂

当李小龙重返香港，那一刻，仿佛历史都在为他书写。《唐山大兄》的大受欢迎，随后《精武门》带来的震撼，以及接连被他打破的香港电影票房纪录，这一切，都昭示着他所期盼的辉煌成功已经到来。

有传言说，李小龙将与邵逸夫携手，合作拍摄一部经典的功夫电影。在我们的一次电话交谈中，他简短地提到了一个新的电影创意，那将是一部以《三国演义》长坂坡大战为蓝本创作的古装动作电影。他将在其中化身为英勇的大将军赵子龙，孤身一人七进七出，于千军万马之中，救出年幼的皇子。巧合的是，这位将军的姓名中也包含了一个"龙"字。当李小龙告诉我这些时，我说："哇，那将是一部很棒的电影。它非常适合你。"请想象一下，李小龙与万千军士交战的动作场面。

随着前两部佳作取得巨大的成功，李小龙决心创立协和电影公司，以期在电影界中拥有更多的话语权。我记得他曾提及，邹文怀邀请他合伙创办公司，邹文怀占股51%，李小龙占股49%。然而，李小龙坚定地回应说："你需要我，远甚于我需要你。"最终，双方各占一半股份成立公司，以拍摄李小龙的下一部电影《猛龙过江》。在这部影片中，李小龙不仅担任主演，更是集编剧、武术指导与导演于一身。他与查克·罗礼士在古罗马斗兽场的对决，如今已经成为世界电影史上的经典。李小龙对《猛龙过江》倾注了满腔热情，他曾说："我在机场卫生间蹲马桶上的那场戏,真是让人忍俊不禁。"那是为了展现他饰演的乡巴佬角色的一个谐趣场面。

返回洛杉矶接受医疗检查

1973年5月10日,李小龙在香港时的一次意外晕倒后,决定返回洛杉矶接受全面的医疗检查。在此期间,在比弗利山庄酒店的一次午餐上,我们与弗雷德·温特劳布商讨为《龙争虎斗》邀请拉罗·斯齐弗林操刀配乐的事宜。斯齐弗林才华横溢,曾为《碟中谍》系列和《警网铁金刚》谱写主题曲。李小龙对此提议颇感兴趣,于是李小龙前往与斯齐弗林面谈,以敲定此事。

李小龙在比弗利山庄酒店的一间雅致平房下榻。当晚,他无意外出用餐,我问:"你想吃什么?"李小龙提到了我们常去的一家餐厅的中式菜肴。我便主动提出去买回来。我熟记他的口味,为他点了鱼香牛肉丝、芙蓉鸡片、扬州炒饭和蚂蚁上树。我们两人在酒店房间内,享受了一顿丰盛的中式外卖大餐。餐后,我们谈笑风生。李小龙幽默地说:"彼得,我从未忘却你也喜爱表演。你虽语言有碍,但若有哑巴角色,我必为你量身打造。"我们相视而笑,我虽在澳大利亚开始学习英语,但直到今日,口音依旧难改。

在香港拜访李小龙

李小龙拍完《猛龙过江》后,我前去拜访李小龙并逗留数日。在他九龙塘的住所,我遇到了正在上楼的丹·伊鲁山度。李小龙对丹说:"去准备明天的打斗戏吧。"他让丹先行练习,拍摄时李小龙自会配合他。丹点点头,看起来有些疲惫,但依旧认真地准备着。这就是李小龙的无剧本武打编排方式,他总能激发出演员的最佳状态。

融中国传武竹节鞭和西洋击剑技击特点于一体——李小龙的竹节剑鞭

李小龙曾向我展示过一根竹节剑鞭，他说这将是他新的武器。他娴熟地随意挥舞了几下竹节剑鞭，仿佛它就是他的灵魂伴侣。多年后，我才知道这根竹节剑鞭正是他在《死亡游戏》中与伊鲁山度对决时所使用的。

当时，贾巴尔已经完成了与李小龙在《死亡游戏》中的打斗镜头，并返回了美国。为了感谢他的付出，李小龙特意为他定制了几套西装。香港以定制西装闻名于世，我只能想象那些裁缝为贾巴尔量身定做长裤时会用到多少布料！

接着，我与李小龙走到他的卧室。他兴奋地向我展示了他的新玩具——一部照相机。李小龙对摄影的热爱溢于言表。

李小龙谈到他想拍摄一部有关19世纪60年代中国劳工修建美国铁路的西部片。他透露自己正在构思一个新剧本，并对《南拳北腿》这个片名情有独钟。他笑着说："这是中国功夫的两大传统流派统称。"他边说边用腿和手比划了几个传统招式。除了那个引人入胜的片名外，我们并未深入讨论这部剧本。

翌日，我们与邹文怀及嘉禾公司的几位高管共进午餐。席间，我品尝了美味的鱼翅汤，并点了一份扬州炒饭。当我把炒饭拌入鱼翅汤中递给李小龙时，在场的人都露出了惊讶的表情，但李小龙对我眨了眨眼睛，因为他知道是怎么回事。在那个年代，鱼翅汤被视为珍馐美味，是不适合和其他东西混在一起的。然而，我与李小龙却偏爱这种独特的吃法。渐渐的，这种吃法在香港流行开来。此外，我还发现了李小龙的最爱——姜汁啤酒。他虽不饮酒，但对姜汁啤酒情有独钟。每当服务员询问他是否需要饮品时，他总会问："姜汁啤酒怎么样？"他总是让这听起来很酷！

在繁华的购物街上，我偶然间结识了一位友人，他经营着一家日本精品服装店。我深知李小龙对时尚的敏锐嗅觉和独特品味，于是毫不犹豫地带着他踏进了那家店铺。他精心挑选了几件夹克，甚至还特意为我选购了一件，以表心意。

李小龙和他的大玩具

夜幕低垂，李小龙当晚邀请我共赴一家日本餐厅。那家餐厅的老板对李小龙崇拜至极。尽管我们相识不过短短两日，但彼此间的交流却如老友般轻松自在。我们开怀大笑，畅谈生活琐事，笑声中充满了真挚与温暖。最难得的是，尽管只过去了两天，但我们度过了一段美好的时光。我们无须过多的言语，便能彼此理解、心照不宣。在这繁华的都市中，能找到一个真正懂你、能与你心灵相通的人，实属不易。

李小龙电影《死亡的游戏》剧照

竹节剑鞭：李小龙科学格斗奥义的电影阐释

万物运作，皆有节奏。

格斗对抗，亦有节奏。

控制距离、破坏节奏、把握时机，保持流动，如水适应，是李小龙截拳道全能科学格斗的底层逻辑和根本原理。

1973年，在李小龙未完成的半部《死亡的游戏》中，他以一位武道禅者的姿态，通过与弟子伊鲁山度饰演的虎殿镇守者之间，截拳道竹节剑鞭和菲律宾魔杖之间的精彩而激烈的对抗，直观阐释了截拳道科学格斗的终极奥义——唯有能自由掌控格斗节奏者，方能自由掌控你所面对的任何对手。

李小龙曾在对抗训练过程中告诉我："要用你自己的节奏掌控每一次格斗。"他在《武道释义》中也写到，截拳道的根本要素之一，是"调整自己和对手节奏的能力，再加上打乱对手节奏的能力"。

竹节剑鞭，其实是李小龙将竹子极富弹性、韧性和环境适应力的哲学意蕴，及其以柔克刚类竹节鞭的武器属性，与西洋剑变奏突刺武器特性合二为一的创意武器。

以下，通过李小龙为《死亡的游戏》设计的充满禅意的台词，让我们再次回味截拳道宗师李小龙的科学格斗大师级电影教学：

李小龙："宝贝，你知道吗？我的竹节剑鞭更长，更柔韧且无比的灵活，当你华而不实的套路跟不上它的速度和节奏时，你将很难捉摸到它。我只能说，你的大麻烦来了。"

（虎殿镇守者自然很不服气，自信地说只有试过了才知道。结果，他被李小龙配合灵动快捷的步法，以快速多变的竹节剑鞭又是截击，又是鞭打，又是隐蔽突刺，攻击得左支右绌，毫无招架之功，完全跟不上李小龙的格斗节奏……）

李小龙："我说过，固定的套路，很难适应无规则的节奏。你明白吗？这根竹节剑鞭其实就是一把利剑。"

根据《死亡的游戏》原始剧本构想，李小龙将与田俊、解元饰演的两位武术家联手，为夺取宝塔塔顶所藏的无敌武林秘籍而层层闯关。最后，那两位武术家皆在闯关途中战死，唯有李小龙一人打败所有对手，闯塔成功。但当他满怀期待地打开宝盒时，却发现里面只有一面镜子，镜中人，当然就是他自己。

相信你自己、发现你自己、表达你自己，这，才是李小龙截拳道或人类武道真正的无上秘籍！

或许你曾经只是将李小龙的真功夫电影当作一部武打娱乐电影去欣赏，但当年李小龙却是出于大众教育的宏伟志向，将他的真功夫电影，作为寓教于乐、主题鲜明的现代武道教学片去编剧、去拍摄，从而让外行看热闹，内行看门道。

1973年，李小龙以一代宗师身份投身电影事业，根本目的，就是希望借助电影这个世界级的大众传播媒介，面向全世界以影弘武，藉此解放传统武术人的思想，传播超越时代的现代武道哲学、科学格斗先进理念，并亲自展示其现代科学格斗新范式。同时，重塑中国人厚德载物、自强不息的积极正面的国际形象，搭建沟通中西文化的桥梁。

在此，敬请读者诸君有机会可以再次去重温李小龙的真功夫电影，感悟一代截拳道宗师跨越时空的武学智慧，或许，您将获得更多的启示。

成功的代价

随着电影的辉煌战绩，李小龙如巨星般被公众瞩目。他曾感慨："成功的最大代价，便是失去隐私。"在香港的街头，他不得不以晨跑来锻炼身体，因为其他时间跑步，热情的影迷们几乎不让他有片刻的宁静。

新闻媒体对这位新晋巨星更是毫不留情。因为李小龙的一举一动都充满了新闻价值，媒体便如饿狼般"围猎"，以此满足着公众的窥探欲。那些香港报纸制造的各种八卦和流言，让李小龙极度厌恶。

更让李小龙感到无奈的是,在香港,他几乎找不到真正的朋友。人心叵测,总有人想要从他身上谋求利益,信任在此变得弥足珍贵。在一次采访中,他曾叹息:"'朋友'这个词,在我这里,已成了稀缺的珍宝。"对于李小龙而言,一个值得托付真心的朋友是那般难寻。

因此,我非常理解李小龙想要回美国的心情。对于他来说,家庭永远是第一位的。他绝不会离开他深爱的家人。琳达想要在美国抚养李国豪和李香凝,我相信李小龙也必定支持她的决定。我坚信,李小龙选择回美国,除了工作机会,更多的是为了追寻那份久违的宁静与隐私空间。

与李小龙的最后通话

李小龙拍摄完成《龙争虎斗》后,在去世前5天给我打电话,那时,我在拉斯维加斯,而他在香港。我们计划着,我先飞往香港与他聚两天,然后一同回美国,为《龙争虎斗》做宣传。我们原计划的宣传首站便是约翰尼·卡森的《今夜秀》。

李小龙对《龙争虎斗》的拍摄成果颇为满意。他提及了片中一些令他难以忘怀的场景,如在前往韩岛的船上,他设计的"不战而屈人之兵"的桥段,以及在宴会上对约翰·萨克逊说"别骗我"的那句经典台词等。

然而,他也提到了即将面临的难题——在下一部电影中,如何找到顶流的武术家作为对手。他深知,为了呈现精彩的打斗场面,必须找到技艺高超的对手。但这样的对决,对于那些武术大师来说,可能会损害他们的声誉,影响他们招收弟子。"探戈需要两个人共舞",而这些大师也清楚,自己在这场对决中难以成为赢家。因此,许多人婉拒了他的邀请。

那时,李小龙已在思考下一部电影的计划。他说,许多电影公司和独立制片人都在邀请他制作新片,仿佛每个人都想从他身上得到些什么。在那次谈话中，我感受到了李小龙的疲惫与孤独。挂断电话后，我隐隐觉得有些不对劲。我真希望能立刻飞到香港，与他相见。

然而，5天后，我接到了琳达的电话："彼得，我必须告诉你，李小龙昨天去世了。"我震惊得几乎无法言语，我捶打着墙壁，心中充满了无尽的悔恨。如果几天前接到李小龙的电话后，我能立刻飞往香港，或许还能见到他最后一面。我告诉琳达："我会搭乘下一班飞机前往香港。"

我与李小龙的最后通话

我与后来成为《第一滴血》和《终结者》执行制片人的安德鲁·G·瓦吉纳签订影片合约

李小龙赠我同款夹克作为礼物

131

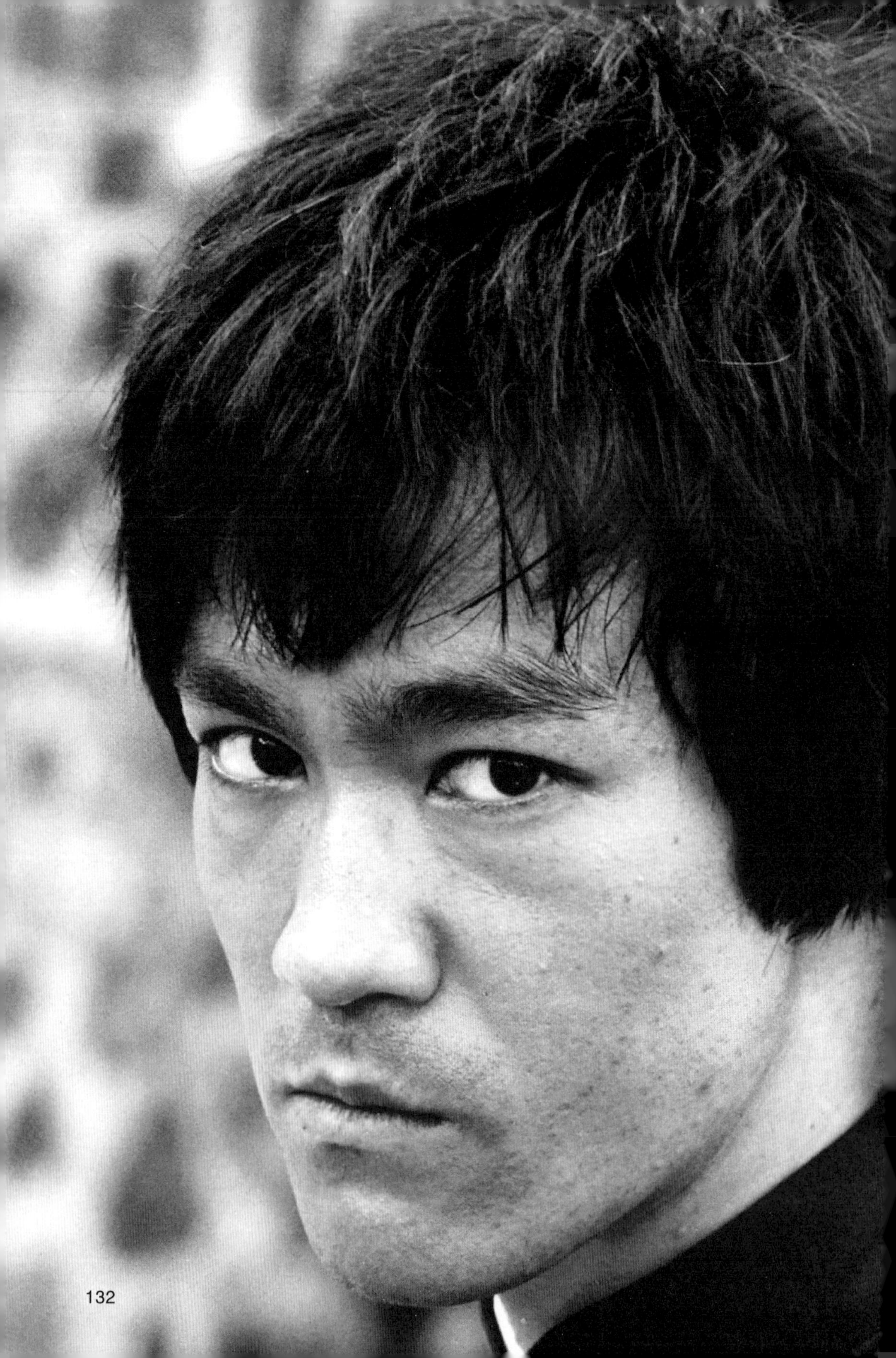

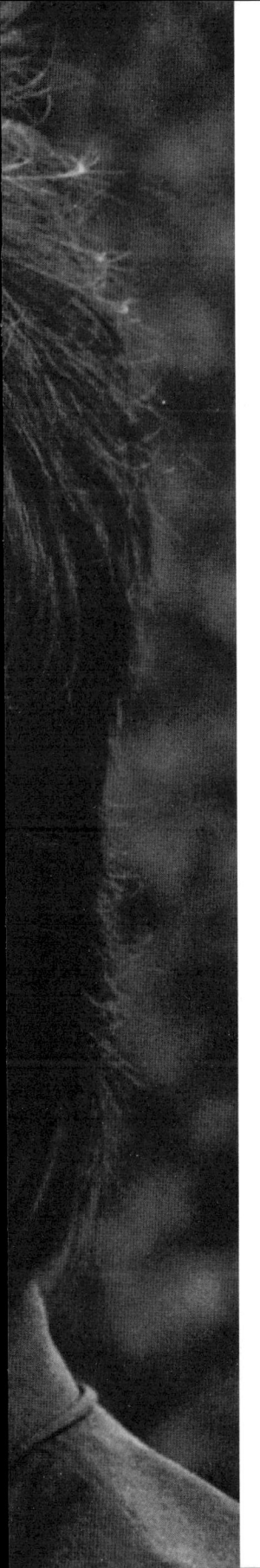

22

最后的结局

当我抵达香港参加李小龙的葬礼时，我原本期望能给予琳达一些慰藉，却不曾想，是琳达在那一刻成为了我坚强的支柱。失去李小龙的悲痛如潮水般汹涌，而琳达所展现的坚韧，却如同岩石般令人震撼。我前往琳达家中探望，随后又步入李小龙所在的殡仪馆。当我亲眼见到李小龙的遗容时，内心的防线彻底崩溃。那时，演员苗可秀也在场，她温柔地安抚着我，让我感受到了片刻的宁静。

我必须承认，香港的那场葬礼，其盛况可谓空前绝后。殡仪馆外，人群涌动，如同潮水般汹涌澎湃。报纸上报道说有25000人参加，但我相信，现场的人数远不止此。一开始，我坐在琳达的身后，但悲痛的情绪让我无法自持，于是我走到了殡仪馆的角落。当时天气闷热潮湿，焚香的味道弥漫在空气中，成为了那一刻最深刻的记忆。

香港的葬礼结束后，我飞往西雅图参加李小龙的第二场葬礼。在葬礼的前一天，琳达打来电话，希望我成为抬棺人之一。我对此一无所知，但能成为抬棺人之一，我深感荣幸。抬棺的队伍中有演员史蒂夫·麦昆和詹姆斯·柯本、李小龙的弟子木村武之和丹·伊鲁山度，以及李小龙的弟弟李振辉。

在仪式上，我记得我、丹、木村武之坐在后排。我们都沉浸在悲痛之中，泪水滑过脸颊。现场的氛围沉重而压抑，仿佛连空气都凝固了。

那一刻，所有人都很悲伤。我记得当时听到的音乐是血汗泪乐队的《当我死去时》。而最后一首歌，是李小龙生前最爱的法兰克·阿尔伯特·辛纳屈的《我自己的路》。歌词中蕴含着对李小龙最恰当的致敬。

李小龙离世后，媒体对他的报导如同狂风骤雨般猛烈。每天报纸上都充斥着关于他的新闻，越耸人听闻越好。正如我所说，演艺圈如同一个巨大的旋涡，充满了黑暗与肮脏。由于我回到香港参加了李小龙的葬礼，并且会说粤语，我成为了媒体关注的焦点。他们不断地采访我，引用我的话。因此，我也开始了与媒体的漫长斗争。

在香港参加葬礼期间，一位来自洛杉矶的电影制片人安德鲁·G.瓦吉纳敲开了我酒店的房门。他邀请我出演一部武打电影，虽然剧本尚未完成，但他给了我15000美元的参演预付酬金。我必须承认，这个时机确实有些微妙，但我对美国的电影制片人比对香港的

在香港举办的李小龙的葬礼

在西雅图举办的李小龙的葬礼

更有信心，尤其是考虑到李小龙的经历。在西雅图的葬礼结束后，我回到香港，想要了解这部电影是否能成功拍摄。

"谁会成为下一个李小龙？""谁将取代李小龙？"这些问题如同悬在空中的利剑，时刻刺痛着人们的心。当我有可能出演武打片的消息传出后，我就被贴上了"赚死人钱"的标签。一听到这个消息，我立刻拒绝了片约。我绝不会从李小龙的名字或在他的死亡中获利。于是，我离开了香港，带着满心的悲痛和无奈。

报刊标题：葬礼花费十万元左右
秦彼得在灵前播音乐
小龙生前好友满天下
真正伤心究竟有几人

李小龙去世后，我始终沉浸在悲痛之中无法自拔。于是，我回到西雅图陪伴琳达一个月的时间。但说实话，那段日子里，她也一直在默默地支持着我。那一个月里，西雅图阴雨连绵，如同我的心情一般沉重而压抑。

一个月后，我回到拉斯维加斯开始新的工作。在机场的送别时刻，琳达对我说："彼得，不是每个人都能跟李小龙一样。他拥有一些并非人人都具备的特质。他有过目不忘的记忆力，他精通人体解剖学，他知道如何用营养来保证训练后的恢复和保养他的身体。"琳达的这番话至今仍然在我耳边回响，让我对李小龙的敬仰之情更加深厚。

23

50年后

李小龙离世后,我协助琳达整理他的遗物与笔记。就在那时,我才真正发现,李小龙是一位多么有深度的思想家。我惊愕地发现,李小龙曾在纸上立下未来10年的宏伟目标:

我的明确目标

"我,李小龙,立志成为美国首位收入最高的东方超级巨星。

为此,我将竭尽全力,以演员的身份呈现最精湛的演技,确保作品质量上乘。

自1970年始,我将名扬四海,并预计到1980年底,我将拥有1000万美元。

我将依照内心所愿生活,实现内心的和谐与幸福。"

——李小龙
1969年1月

My Definite Chief Aim

I, Bruce Lee, will be the first highest paid Oriental super Star in the United States. In return I will give the most exciting performances and render the best of quality in the capacity of an actor. Starting 1970 I will achieve world fame and from then onward till the end of 1980 I will have in my possession $10,000,000. I will live the way I please and achieve inner harmony and happiness.

Bruce Lee
Jan. 1969

读到这封立志函时,我不由自主地惊叹:"李小龙真是个有深度的人啊!"

李小龙离世后不久，我匆匆赶赴香港。琳达递给我一本小册子，它曾放在李小龙的公文包中。她告诉我，这是李小龙每日必读的，并希望我也能珍视它。其实，早在1968年，李小龙就曾拿给我看过，那是拉迪亚德·吉卜林的诗《如果》。这首诗的存在，暗示着李小龙在那段时间定有着不为人知的心路历程。

　　自李小龙逝世后，《如果》这首诗给了我很大的帮助，我仍然会时不时读读它。它真的非常鼓舞人心。我强烈推荐每个人都去读读这首诗，因为它真的充满了力量。每当我阅读它，总能发现新的意义和启示，常读常新。诗中有一句话特别触动我，"假如你能寻梦——而不为梦想主宰"。

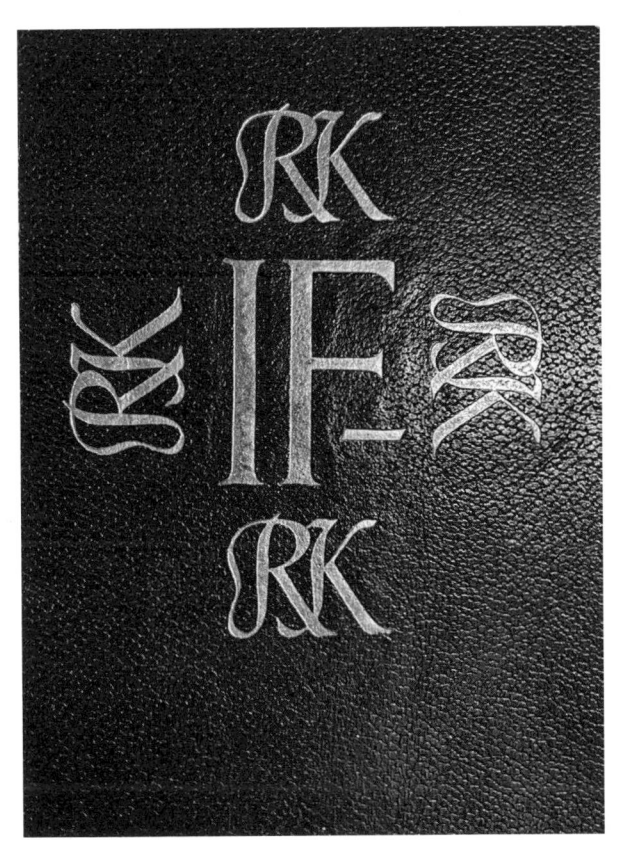

我回香港参加李小龙的葬礼时，琳达把这首《如果》送给了我；
琳达告诉我，李小龙每天都把这首诗的小册子放在公文包里

如 果

［英］拉迪亚德·吉卜林

假如你能保持冷静，即使众人都失去理智并且归咎于你；

假如你能保持自信，即使众人都怀疑你，仍能容忍他人之疑；

假如你能等待而不因此厌烦；或别人骗你，不会因此骗人，

或别人憎恨你，不会因憎恨而蒙蔽理性，

心怀梦想，但绝不夸夸其谈；

假如你能寻梦——而不为梦想主宰；

假如你能思想——而不以思想为目的；

假如你能面对成败祸福，对这两骗徒一视同仁；

假如你听到你的实话，被小人歪曲去蒙骗愚蠢之辈而尚能心平气和，

或者见到你毕生的事业被毁，

而尚能弯下腰拿起破旧的工具去着手重建；

假如在你赢得无数桂冠之后，

孤注一掷再搏一次，即使输光还能从头再来，东山再起，而对失败永无抱怨；

假如你能驱使你的心力和精神在别人走后，长久地坚守阵地，如此坚守，即使你内心已一无所有。

惟余意志告诉自己并高喊"坚持到底！"

假如你能与市井之徒交谈而不失于礼，出入于贵胄之家而不忘苍生黎民，

假如你能尊重人人而不膜拜何人，既不受制于仇敌亦不依赖于亲朋；

假如你能以60秒长跑，去填满无情流逝的每一分钟

那么，这个世界的一切都是你的，

更重要的是——孩子——你是个顶天立地的人！

李小龙的离世让我失去了练武的动力，我陷入了深深的思念与抑郁中。虽然不再进行身体上的训练，但我把他的哲学理念融入到了日常生活和工作中。回首过去50年，我意识到李小龙的哲学理念才是他留给我们的最宝贵的财富。没错，李小龙不仅是体能训练的专家，还是一位勇猛的格斗家，更是一位精神领袖。他鼓舞人心的话语至今仍在我们心中回响，激励着一代又一代人。

时至今日，李小龙的名字和他的教诲依然被世人传颂。他不仅激励着截拳道武者，还影响着全世界各种武术流派的传承者和习练者。他的电影继续震撼着无数粉丝的心灵。他曾说："人每天都会学到新东西，学无止境。"就像他所说的那样，"流水不腐，户枢不蠹"，生活中的每一天都充满了学习的机会。

随着岁月的流逝，我开始了新的生活篇章。在拉斯维加斯，我遇到了我的爱人珊迪（Sandy），我们携手走进了婚姻的殿堂。我们育有两个女儿洁德（Jade）和克莉丝特尔（Crystal），并成为了外孙女阿梅莉亚（Amelia）和外孙杰登（Jaden）的祖父母。

我的叔叔约翰·刘（John Lieu）曾建议我离开餐饮业，加入赌场行业，所以我像在餐馆里洗碗一样，从赌场生意的最底层做起。庄家是赌场雇佣的人，他们冒充顾客诱骗他人，说服他人赌博。后来，我成了一名百家乐发牌员，这在当时是很难的。你要么是赌场经理的儿子，要么是他的朋友，才能找到一份收入不错的工作。工资很低，但小费很多。后来，我运用李小龙的一些哲学理念，不断在赌场行业中获得更好的工作。

1980年，我积累了足够的资金，开始经营自己的餐饮事业。然而，我仍留在赌场工作，负责为赌场拉客人并收取佣金。在这期间，我有幸结识了几位豪爽的中国大玩家。我从来都不会主动透露自己是李小龙的弟子，但总有些好事者，但凡有赌客问他的朋友："彼得是哪个？"他们总会回答："彼得是李小龙的弟子。"当他们得知我是李小龙的弟子时，都对我表示出极大的亲切感和信任感。通过其中两位中国大玩家，我有机会接触到不同国家的元首、梵蒂冈教廷官员，甚至是少林寺方丈。我惊讶地发现，不同国家的元首和知名人士，也都非常尊重李小龙，这真是令人惊叹。后来，我运用李小龙的哲学思想，通过自学和请教他人，掌握了反向并购业务。

24

李小龙为何授予我截拳道证书

截拳道证书上的日期为1968年8月14日，是李小龙在我生日前两天亲手交给我的。事实上，当我接过这张证书时，感到非常震惊。他对我眨眨眼睛，指着那行写着"由李小龙亲自教授"的字句，微笑着。他给予我一级认证，然而这个等级于我而言，实际意义不大，因为我知道，李小龙从不信奉所谓级别或黑带。即使名列上等，也不意味着一个人真正理解了李小龙的教导。我只是感到荣幸，李小龙通过证书形式，认可了我在截拳道训练上的付出和努力。

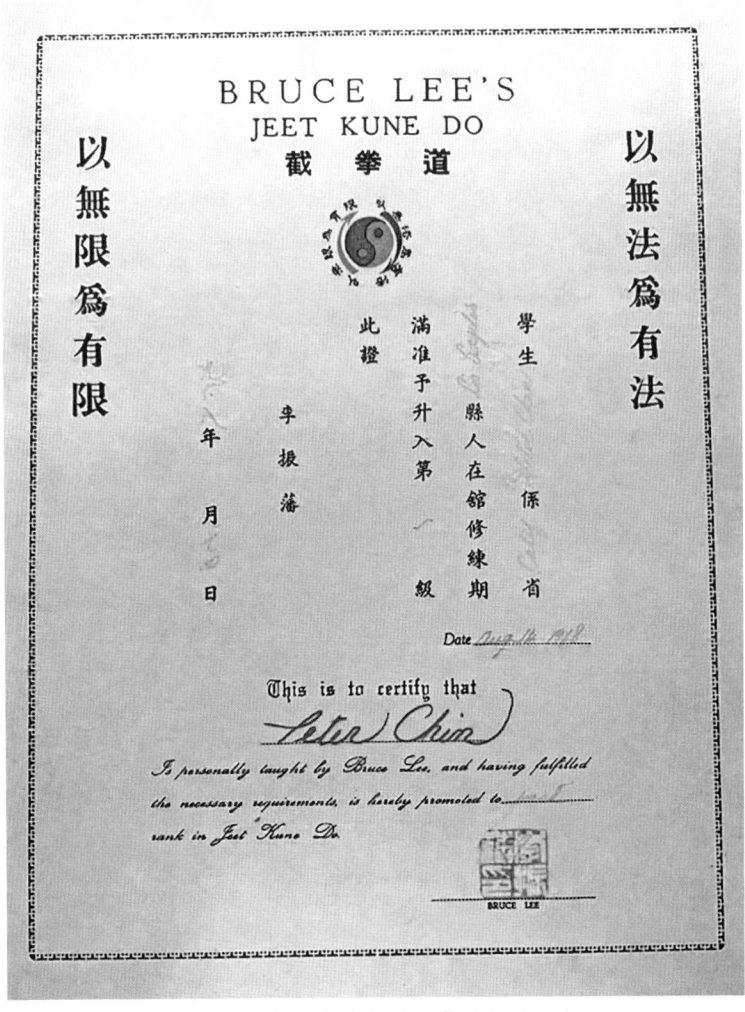

李小龙为我亲自签发的截拳道级别证书。
目前所知仅有四位李小龙亲传弟子获得

我时常好奇，李小龙为何会将这张证书授予我，特别是在知晓他仅将此殊荣授予极少数人之后。同时，我也在扪心自问："李小龙会给一个不配之人颁发证书吗？"我坚信不会。

据我估算，我在李小龙的指导下，接受了大约110个小时的截拳道私教。在我看来，李小龙应该有注意到，我能很快地掌握他所教授的所有内容。最关键的是，我相信李小龙通过在他的书房与我多次的课后交谈，感受到了我对他武术哲学的理解。我们都在香港长大，有着相同的背景，有着共通的中国文化底蕴，说着共同的语言，以及从20世纪50年代香港的武侠小说中汲取的共同的武术哲学价值观。我们都尊崇尊老爱幼、家庭至上、丈夫主外、妻子主内等传统美德。我们从武术中也共同的学到、悟到了很多人生的真谛。

李小龙从未向我收取分文学费。他门下的弟子不乏好莱坞明星，但当我坦言自己无力支付学费时，他慷慨地接纳了我，将我视为挚友悉心教诲。他深知我愿意为他做任何事，当然，我也愿为他挡子弹。

在当下，真正的"朋友"已变得稀有，尤其是那些忠诚相伴的朋友。李小龙虽已离世，但他的教诲却如明灯指引着我前行。我将用余生继续忠诚于他，以报师恩。

我心中永远的朋友

我必须提到一件事，以便理解为什么李小龙对我来说如此重要。李小龙是我所识之人中，唯一一位始终如一、从未改变的人。从初次相见到1967年正式成为他的弟子，再到1973年最后一次通话，他对我的态度始终如一。

第一次见到李小龙，我还是餐厅勤杂工一名；当李小龙成为耀眼的巨星后，每次我致电，他总会接听，我们依旧如当年课后般谈笑风生。他还是那个李小龙，从未改变。在这个世界上，能觅得一位始终保持初心、待你如初的朋友，实属不易。

人一生中有这样一位朋友是幸运的，她可能是你的配偶，除此之外，如果你拥有不止一位，能与你心意相通、无须言语便知彼此所想的挚友，那么你无疑是命运的宠儿。

某夜，李小龙手持一册小书，对我说道："这本书甚好。"他告诉我，当你沉浸于欢乐之中，直至聚会落幕，你才会真正意识到，方才的时光是如此美好。你会由衷地感慨："我刚刚度过了一段难忘的时光。"

自1963年12月与李小龙相识以来，直到今日，我无时无刻不在思念他。这份情感难以用言语表达。

1973年，李小龙回到洛杉矶进行身体检查，虽然我们偶尔通话，但我已将近一年未曾见到他。李小龙深知我的思念之情。当我们一同乘坐电梯前往阿德里安·马歇尔的办公室时，他微笑着对我说："真正的朋友无须时常相见，他们永远在心中。"

是的，我是李小龙亲授证书中最后的门徒，李小龙永远活在我的心中。

结语

——李小龙真正的秘密

总之，请铭记，世间武术流派各有千秋，但你必须投入时间和努力才能精通。须有打破常规之勇气，以开放之心胸接纳新知。即使是太极拳锻炼，随着我们年龄的增长，也会具有极大的价值。须知，武术之真谛，首在健体养生，次为自卫御敌。因此，须倾注心血、砥砺体魄，方可收获其益。技艺之磨练固然关键，但切记每日做减法，而非加法，更不可贪多求快，应力求每天都有进步，方为长久之道。慢跑与身体核心部位锻炼亦不可忽视，应将身体视为极重要的灵魂载体和自我表达的工具，通过学习、知识与适宜之营养来悉心呵护。

我诚挚地鼓励有心人继续探寻李小龙的智慧之道，深入阅读并珍视李小龙的武道释义，直至你能领悟其哲学之精髓，并运用在自我成长之中，无论你选择何种道路。

以诚实和正直之心塑造品格，恪守自我承诺，高度自律，专注于个人成长。让我们具有如水般的适应性和韧性，无畏地面对生活中的任何风雨挑战。因为我深信，你将经历这些人生中的风风雨雨，请务必学会适应生活中不断变幻的环境，战胜一切艰难险阻。

最后，在下一页，我将向读者揭示李小龙的截拳道及其个人哲学的真正秘诀。

这一切都取决于你自己

自助

20世纪60年代中，穿着自己设计的功夫套装的李小龙在美国马里布海滩

致　谢

　　我要向我的编辑团队罗丝玛丽龚（Rosemary Gong）和杰夫·皮西奥塔（Jeff Pisciotta），表示最诚挚的感谢。他们在我使用作为第二语言的英语写作时提供了宝贵的帮助，使我能够清晰地表达思想。同时，我要感谢大卫·塔德罗（David Tadman）这位备受尊敬的李小龙资料收藏家和历史学家，他慷慨地为本书提供了珍贵的图片。此外，我要特别感谢格雷格·罗兹（Greg Rhodes），他为本书提供了详尽的李小龙年表。同时，我也要感谢另一位著名的李小龙历史学家史蒂夫·凯里奇（Steve Kerridge），是他介绍我与格雷格·罗兹相识，并为我们提供了更多的图片资源。同时也感谢来自中国上海的郑杰为本书提供的图片资源支持。在此，我也要对我的女儿洁德（Jade）表示衷心的感谢。她为本书设计了精美的封面，没有她的宝贵帮助，这本书是无法顺利出版的。

　　李小龙的成功至少有一半要归功于琳达·李·卡德威尔女士。她是李小龙生命中不可或缺的支柱，在所有的挑战和困境中，她始终给予李小龙坚定的支持和鼓励。琳达不仅是李小龙的伴侣，更是他的精神支柱。她让李小龙在面对腰伤致残、与好莱坞打交道等生活挑战时，始终保持着清醒的头脑和坚定的信念。我深知李小龙非常感激有琳达这样的伴侣，她是他事业成功的坚强后盾。虽然我与琳达不常见面，但多年来我们的关系一直非常融洽。正如李小龙所说，"真正的朋友不需要经常见面，因为他们之间的友谊是建立在心灵交流的基础之上的。"琳达不仅将李小龙的遗产传承了下来，还将其传给了他们的女儿李香凝。

同样，我也要感谢我的珊迪（Sandy）。她是我生命中的重要伴侣，没有她的陪伴和支持，就没有今天的我。我非常感激能够与她共度人生的每一个阶段。

——秦彼得

　　我要感谢秦彼得先生与我分享他的李小龙回忆。他让我了解到李小龙的另一面，以及中国哲学和文化在中国武术中的重要地位。我深刻体会到，作为一名习武者，没有深厚的文化底蕴和哲学思想，就无法真正理解武术的精髓和灵魂。

——刘禄铨